# 在文学里，我们都是孤独的孩子

10 years

太阳鸟十年精选

王蒙 主编

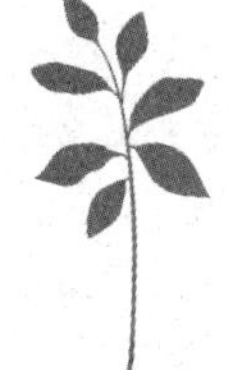

辽宁人民出版社

图书在版编目（CIP）数据

在文学里，我们都是孤独的孩子 / 王蒙主编．—沈阳：辽宁人民出版社，2018.1
ISBN 978-7-205-09124-8

Ⅰ．①在… Ⅱ．①王… Ⅲ．①中国文学—当代文学—作品综合集 Ⅳ．①I217.1

中国版本图书馆CIP数据核字（2017）第266292号

出版发行：辽宁人民出版社
地址：沈阳市和平区十一纬路25号　邮编：110003
电话：024-23284321（邮　购）　024-23284324（发行部）
传真：024-23284191（发行部）　024-23284304（办公室）
http://www.lnpph.com.cn
印　　刷：沈阳旭日印刷有限公司
幅面尺寸：160mm×230mm
印　　张：11.5
字　　数：179千字
出版时间：2018年1月第1版
印刷时间：2018年1月第1次印刷
责任编辑：赵维宁　艾明秋
装帧设计：丁末末
责任校对：赵　跃
书　　号：ISBN 978-7-205-09124-8

定　　价：35.00元

这套“太阳鸟十年精选”所收录的文章均选自过去十年我为辽宁人民出版社主编的太阳鸟文学年选。太阳鸟文学年选作为每年国内出版的多种文学年选中的一种，已经坚持了近二十年。它说明辽宁人民出版社的这套太阳鸟文学年选具有相当的历史性，表现了辽宁人民出版社编辑们的坚持不懈，这也是年选权威性的一个方面。

太阳鸟文学年选近二十年来，纳入其编选范围的文体大致六种，即中篇小说、短篇小说、诗歌、散文、随笔和杂文，这一次编辑将选文的体裁限定在了“美文”，杂文记忆中也只选了三四篇。整套书共十三种，包括《途经生命里的风景》《异乡，这么慢那么美》《故乡，是一抹淡淡的轻愁》《这世上的“目送”之爱》《历史深处有忧伤》《愿陪你在暮色里闲坐，一直到老》《你所有的时光中最温暖的一段》《那个心存梦想的纯真年代》《一生相思为此物》《掩于岁月深处的青葱记忆》《在文学里，我们都是孤独的孩子》《艺术，孤独的绝唱》《那个时代的痛与爱》，除《那个时代的痛与爱》主题相对分散，其他内容包括国内国外、故乡亲人、历史人物、童年校园、怀人状物、读书谈艺，可以说涵盖了人生的方方面面，可供阅读群体广泛。集中国十年美文创作于一书，这个书系的作者也涵盖了中国当代文学写作，尤其是散文写作的大量作家，杨绛、史铁生、袁鹰、余光中、梁衡、王巨才、王充闾、周涛、陈四益、肖复兴、李辉、王剑冰、祝勇、张晓枫、刘亮程、毛尖、李舫、宗璞、蒋子龙、陈建功、李国文、刘心武、李存葆、陈世旭、梁晓声、陈忠实、贾平凹、铁凝、张承志、张炜、余华、韩少功、王安忆、苏童、周大新、格非、迟子建、刘醒龙、刘庆邦、池莉、范小青、叶兆言、阿来、刘震云、赵玫、麦家、徐坤等。还有黄永玉、范曾、韩美林、谢冕、雷达、阎纲、孙绍振、温儒敏、南帆、陈平原、孙郁、李敬泽、闫晶明、彭程、刘琼等艺术家和评论家。他们的阵容，令人想起改革开放以来中国当代文学的版图。

为了"优中选优"，我重新翻阅了近十年的太阳鸟文学年选散文卷和随笔卷，并生出一些感慨。文学应该予人以美，包括语言之美、结构之美、韵律之美，更包括思想之美、情感之美、叙事之美，言之有思，言之有情，言之有恍若天成的启示与灵性。美好的东西总是让人念念不忘，文章也是如此。重读这些当年选过的文章，依然让人或心潮澎湃，或黯然神伤，或感同身受，或心向往之，一句话，也就是我最入迷的文学品性：令人感动。

大概十年前，为了继承和发扬赵家璧先生在良友图书公司主持"中国新文学大系"的传统，我曾为出版社主编过"中国新文学大系"第五辑，我在序言中曾说，文学是我们的最生动、最刻骨铭心的记忆，是我们的"心灵史"。我希望这套选本，也能不辜负读者与历史的期待。

王蒙

2017年9月

# 目录

CONTENTS

# 生命里的书缘

陈忠实

## 第一次借书和第一次创作

上到初中二年级，中学语文课搞了一次改革，把语文分为文学和汉语两种课程，汉语只讲干巴巴的语法，是我最厌烦的一门功课，文学课本收录的尽是古今中外诗词散文小说的名篇，我最喜欢学了。

印象最深的一篇课文是《田寡妇看瓜》，一篇篇幅很短的小说，作者是赵树理。我学了这篇课文，有一种奇异的惊讶，这些农村里日常见惯的人和事，尤其是乡村人的语言，居然还能写文章，还能进入中学课本，那这些人和事和这些人说的这些话，我知道的也不少，我也能编这样的故事，写这种小说。

这种念头在心里悄悄萌生，却不敢说出口。穿着一身由母亲纺线织布再缝制的对襟衣衫和大裆裤，在城市学生中间无处不感觉卑怯的我，如果说出要写小说的话，除了被嘲笑再不会有任何结果。我到学校图书馆去了，这是我平生第一次踏进图书馆的门，是冲着赵树理去的。我很兴奋，真的借到了赵树理的中篇小说单行本《李有才板话》，还有一本短篇小说集，名字记不得了。我读得津津有味，兴趣十足，更加深了读《田寡妇看瓜》时的那种感觉，这些有趣的乡村人和乡村事，几乎在我生活的村子都能找到相应的人。这里应该毫不含糊地说，这是我平生读的第一和第二本小说。

我真的开始写小说了。事也凑巧，这一学期换了一位语文教师，是师范大学中文系刚刚毕业的车老师，不仅热情高，而且有自己的一套教学方法，尤其是作文课，他不规定题目，全由学生自己选题作文，想写什么就写什么。这真是令我鼓舞，便在作文本上写下了短篇小说《桃园风波》，大约三四千字或四五千字。我也给我写的几个主要人物都起了绰号，自然是从赵树理那儿学来的，赵树理的小说里，每个人物都有绰号。故事都是我们村子发生的真实的事情，农业生产合作社由初级转入高级，把留给农民的最后一块私有田产——果园——也归集体，包括我们家的果园也不例外。在归公的过程中，发生了许多冲突事件，我依一个老太太的事儿写了小说。同样不能忘记的是，这是我写的第一篇小说，已不同于以往的作文。这年我十五岁。

车老师给我的这篇小说写了近两页评语，自然是令人心跳的好话。那时候仿效苏联的教育体制，计分是五分制，三分算及格，五分算满分，车老师给我打了五分，在“五”字的右上角还附添着一个“十”字加号，可想而知其意蕴了。我的鼓舞和兴奋是可想而知的，同桌把我的作文本抢过去，看了老师用红色墨水写的耀眼的评语，然后一个个传开看，惊讶我竟然会编小说，还能得到老师的好评。我在那一刻，在城市学生中的自卑和畏怯得到缓解，涨起某种自信来。

我随之又在作文本上写下第二篇小说《堤》，也是村子里刚成立农业社时封沟修水库的事。车老师把此文推荐到语文教研组，被学校推荐参加西安市中学生作文比赛评奖。车老师又亲自用稿纸抄写了《堤》，寄给陕西作家协会的文学刊物《延河》。评奖没有结果，投稿也没有结果。我却第一次知道了《延河》，也第一次知道发表作品可以获取稿酬。许多年以后，当我走进《延河》编辑部，并拿到发表我的作品的刊物时，总是想到车老师，还有赵树理笔下的田寡妇和李有才。

## 在灞河眺望顿河

我准确无误地记得，平生阅读的第一部外国文学作品，是肖洛霍夫的《静静的顿河》。

我读初中二年级时，换来一位刚从大学中文系毕业的语文老师，姓车。他不仅让学生自选作文题，想写什么写什么，而且常常逸出课本，讲些当代文坛的趣事。那时正当“反右”，他讲了少年天才作家刘绍棠当了“右派”的事。我很惊讶，便到学校图书馆借来刘绍棠的短篇小说集《山楂村的歌声》，读得很入迷且不论，在这本书的“后记”里，刘绍棠说他最崇拜的作家是苏联的肖洛霍夫，我就从这儿知道了《静静的顿河》。耐着性子等到放暑假，我把四大本《静静的顿河》书借来，背回乡村家里。

当时，我的年龄不够农业合作社出工的资格，便和伙伴们早晚两晌割草，倒不少挣工分。逢着白鹿原上两个集镇的集日，先一天后晌在农业社菜园趸了黄瓜、茄子、西红柿和大葱等蔬菜，天不明挑着菜担去赶集，一次能挣块儿八毛的，到开学就挣够学费了。割草卖菜的间隙和阴雨天，我在老屋后窗的亮光下，领略顿河草原的美丽风光，感受骁勇彪悍的葛利高里和风情万种的阿克西尼亚；书页里的顿河总是和我家门口的灞河混淆，顿河草原上的山冈，也总是和眼前的骊山南麓的岭坡交替叠映。我和我的伙伴坐在坡沟的树荫下，说着村子里的这事那事，或者是谁吃了什么好饭等等，却不会有谁会猜到我心里有一条顿河，还有哥萨克小伙子葛利高里和漂亮的阿克西尼亚。我后来才意识到，在那样的年龄区段里感知顿河草原哥萨克的风情人情，对我的思维有着非教科书的影响，尽管我那时对这部书的历史背景模糊不清。我后来喜欢翻译文本，应该是从这次《静静的顿河》的阅读引发的。此后便基本不读“说时迟，那时快”和“且听下回分解”的句式了。

书念到高中阶段，我在学校图书馆发现了肖洛霍夫的一本短篇小说集《顿河故事》，便借来读。平时功课紧张不敢分心，往往是周六回家，沿着灞河河堤一路读过去，除了偶尔有自行车或架子车，不担心任何机动车辆撞碰。这部集子收录了大约二十篇短篇小说，一篇一个故事，集中写一个或两个人物，几乎都是顿河早期革命的故事，篇篇都写得惊心动魄。这是肖洛霍夫写作《静静的顿河》之前的作品，可以看作练笔练功夫的基础性写作，却堪为短篇小说典范。

到上世纪60年代初，我高考名落孙山，回到老家做乡村教师。当确定把文学创作正经作为理想追求的时候，我从灞桥区文化馆图书室借到肖氏的另一部长篇小说《被开垦的处女地》。该书写的是苏联搞集体农庄的故事，使我感到可触摸可感知的亲切，其中一些情节总是让我和身在的农业合作社的人和事联系起来，设想把作品中的人物名字换成中国姓名，完全可以当作写中国农业合作化的小说。

直到前几年，我才读了他的那篇超长短篇小说《一个人的遭遇》，这是他最后一部影响深远的作品。至此，我算是把他的主要著作都拜读了。写作这个短篇小说时的肖洛霍夫，从精神和心理气象上看，安全蝉蜕为一个冷峻的哲思者了。他完成了生命的升华。

## 一个空前绝后的数字

对柳青长篇小说《创业史》的阅读，在我几乎是大半生的沉迷。

那是1959年的春天，我从报纸上看到，柳青新著长篇小说《创业史》即将在《延河》杂志连载的消息，早早俭省下两毛钱等待着。我上到初三时，转学到离家较近的西安市十八中学，在纺织城东边，背馍上学少跑十多里路。当我从纺织城邮局买到泛着油墨气味的《延河》时，正文第一页的通栏标题是手书体的“稻地风波”（《创业史》的初定名），背景是素描的风景画，隐没在雾霭里的终南山，一畦畦井字形的稻田，水渠岸边一排排迎风摇动的杨树，是我自小看惯了的灞河风景，现在看去别有一番盎然诗意。当我急匆匆返回学校，读完作为开篇的《题叙》，便有一种从来未发生过的特殊的阅读感受洋溢在心中。

这部小说巨大的真实感和真切感，还有语言的深沉的诗性魅力，尤其是对关中人情的细腻而透彻的描写，不仅让我欣赏作品，更让我惊讶自己生活的脚下这块土地，竟然蕴藏着可资作家进行创作的丰富素材。或者说白了，我们熟视无睹的乡村的这些人和事，在柳青笔下竟然如此生动而诱人。我第一次开始关注自己生活的这块土地。我几次忍不住走出学校大门，门外便是名叫枣园梁上的正待抽穗的无边的麦田，远处便是隐隐约约可见山峰沟谷的终南山，在离我不过四五十里地的少陵原下，住着柳青。我的发自心底的真诚的崇拜发生了。十二三年后，“文革”中备受折磨的柳青获得“解放”，我在大厅里听柳青讲创作时，第一眼看见不足一米六个头、留着黑色短髭的柳青，顿然想到我在枣园梁上校门口眺望终南山的情景；三十四五年后的初夏时节，我和长安县的同志在柳青坟头商议陵园修建工程，眼见着柳青坟墓被农民的圈粪堆盖着，我又想到十七岁时在枣园梁上的眺望。

我紧接着到位于灞桥镇的西安三十四中学读高中，镇上的邮局不售《延河》，阅读中断了。随之得知巴金主编的《收获》一次刊发《创业史》，我托在西安当工人的舅舅买到了这期《收获》，给我送到学校，我几乎是置功课于不顾而读完了《创业史》（第一部）。我在该书发行单行本的时候，又托舅舅买了首版《创业史》。我对文学的兴趣已经几乎入迷，这部小说的反复阅读当是一个主要诱因，高中二年级时，我和班里几个喜欢文学的同学组织起学校的第一个文学社，办了一份不定期的文学墙报，开始发表自己的作品。

我后来进入社会，确定下来文学创作的人生命题，《创业史》是枕前的必备读物。1973年发表第一个短篇小说时，许多人说我的语言像柳青。编辑把这篇小说送柳青看，他把第一章修改得很多，我一字一句琢磨，顿然明白我的文字功力还欠许多火候。我后来到南泥湾劳动锻炼，除了规定必带的《毛泽东选集》，还私藏着《创业史》，在南泥湾的窑洞里阅读，后来不知谁不打招呼拿去了，也不还。我大约买了丢了丢了又买了九本《创业史》，这是空前的也肯定是绝后的一个数字。

## 关键一步的转折

我的人生道路的关键一步转折，发生在1978年的夏天，从工作了10年的人民公社（乡镇）调动到当时的西安郊区文化馆。

我当时正负责为家乡的灞河修建八华里的防洪河堤。在我们那个很穷的公社，难得向上级申请到一笔专项治理灞河的资金，要修筑一道堤面上可以对开汽车的河堤，在那个小地方，就称得上是一项令人鼓舞的宏伟工程了。工程实际上是从1977年冬季开始的，我作为工程负责人，和七八个施工员住在一道红土崖下灞河岸边的一幢房子里，没有床也没有炕，从邻近的村子里拉来麦草铺在地上，各人摊开自己带来的被褥，并排睡地铺了。我那时候心劲很足，想一次解决灞河涨水毁田的灾害，为包括我的父母妻儿生活的村子在内的大半个公社修建一个造福的工程。为此，我从早到晚都奔跑在各个施工点上。一个严峻的节令横在心头，必须在初夏灞河涨水之前，不仅要把河堤主体堆成，而且必须给临水的一面砌上水泥制板，不然，一场大水就可能把河堤冲成河滩。工程按计划紧张地进行，4月发了一场大水，河堤只是局部损伤，我的信心没有动摇。

到初夏时节，我在麦草地铺上打开一本新寄来的《人民文学》杂志。夜晚安排完明天的事儿，施工员们便下棋，或者玩当地人都喜欢玩的“纠方”游戏，平时我也是参与者。这一晚我谢辞了下棋和“纠方”，躺在地铺上看一篇小说，名曰《班主任》，作者是我从未听说过的刘心武。我在这篇万把字的小说的阅读中，竟然发生心惊肉跳的感觉；每一次心惊肉跳发生的时候，心里都涌出一句话，小说敢这样写了！请注意这个“敢”字。我作为一个业余写作者，尽管远离文学圈，却早已深切地感知到其中的巨大风险了，极“左”的政治思想影响下的文艺政策更“左”得离谱，多少作家都栽倒了，乃至搭上了性命。《班主任》竟然敢这样写，真是令我心惊肉跳。

我在麦草地铺上躺不住了。我走出门不过50米就到了哗哗响着的灞河水边，撩水洗了把热烫的脸，坐在河石上抽烟，心里又涌出一句纯属我的感受来，文学创作可以当作事业来干的时候终于到来了。这是我从《人民文学》发表《班主任》这样的小说的举动上所获得的最敏感的信号。我几乎就在涌出这句话的一刻，决定调离公社，目标是郊区文化馆，那儿的活儿比公社轻松得多，也有文学创作辅导干部的职位，写作时间很宽裕，正适宜我。到即将完成河堤工程的6月，我如愿以偿到小寨所在的郊区文化馆去了。我的仍然属业余文学创作的人生之路开始了。

《班主任》在文学界的影响可谓深远。文学界先把其称为中国的“解冻文学”的先声，这里所说的“解冻文学”，是借用了苏联20世纪50年代初形容文学现象的一个名词；随后又称它是新时期文艺复兴的发轫之作。其实，两种称谓的意思相近，即都是从极左文艺政策下解放出来的第一声鸣叫，一个时代开始了，我的人生之路也发生了关键一步的转折。

## 摧毁与新生

1982年5月，陕西作家协会在延安举行毛泽东《在延安文艺座谈会上的讲话》发表40周年纪念活动，胡采主席亲自率领七八个刚刚跃上新时期文坛的陕西青年作家到延安去，我是其中之一。有一个细节至今难忘，胡采在杨家岭中央大礼堂外的场地上，给我们回忆童年他亲耳聆听毛泽东讲话的情景。我和几位朋友却在一张大照片上寻找当年胡采的照相，竟然辨认不出来。最后还是由胡采指出那个坐在地上的年轻人，说是当年的他。相去甚远了。四十年的时光，把一个朝气勃勃的小伙子变成了睿智慈祥的老头，我的心里便落下一个生命的惊叹号。

参加这次纪念活动的几个青年作家，各自都据守在或关中平原或秦岭山中或汉中盆地的一隅，平时难得相聚，参观的路上吃饭的桌上就成为交流信息的最好平台。尤其是晚上，聚在某个人的房间，多是说谁写了一篇什么好小说，多好多好值得一读。说得多的是路遥，他的一个中篇小说即将在《收获》发表，篇名《人生》。这天晚上，大家不约而同聚到路遥房间，路遥向大家介绍了这部小说的梗概，尤其是说到《收获》责任编辑对作品的高度评价，大伙都有点按捺不住的兴奋，便问到《收获》出版的确切时间，路遥说已经出刊了。记不清谁提议应该马上到邮局去购买。路遥显然也兴奋到恨不得立即看到自己钢笔写下的文字变成铅字的《收获》，还说他和邮局有关系，可以叫开门，便领着大家出了宾馆，拐了几道弯，走到延安邮局门口，敲门敲得很响，也敲得执拗。终于有一位很漂亮的值班女子开了门，却说不清《收获》杂志到没到货，便领着我们到其已关灯的玻璃柜前，拉亮电灯。我们把那个陈列着报纸杂志的玻璃柜翻来覆去地看，失望而归。

我已经被路遥简略讲述的《人生》故事所沉迷，尤其是像《收获》这样久负盛名的刊物的高调评价，又是头条发表，真是迫不及待的阅读期盼。我从延安回到文化馆所在地灞桥镇，当天就拿到馆里订阅的《收获》，几乎是一口气读完了这部十多万字的中篇小说《人生》。读完时坐在椅子上是一种瘫软的感觉，显然不是高加林波折起伏的人生命运对我的影响，而是小说《人生》所创造的完美的艺术境界，对我正高涨着的创作激情是一种几近彻底的摧毁。

连续几天，我得着空闲便定到灞河边上，或漫步在柳条如烟的河堤上，或坐在临水的石坝头，却没有一丝欣赏古桥柳色的兴致，而是反思着我的创作。《人生》里的高加林，在我所阅读过的写中国农村题材的小说里，是一个全新的面孔，绝不类同于此前的文学作品里的任何一个乡村青年的形象。高加林的生命历程里的心理情感，是包括我在内的乡村青年最容易引发呼应的情感。路遥写出了《人生》，一个不争的事实便摆列出来，他已经拉开了包括我在内的这一茬跃上新时期文坛的作者一个很大的距离，我的被摧毁的感觉源自这种感觉，却不是嫉妒。

我在灞河沙滩长堤上的反思是冷峻的。我重新理解关于写人的创作宗旨。人的生存理想，人的生活欲望，人的种种情感情态，准确了才真实。一个首先是真实的人的形象，是不受生活地域文化背景以及职业的局限，而与世界上的一切种族的人都可以完成交流的。到这年的冬天，我凭着在反思中所完成的新的创作理念，写成了我的第一个篇幅不大的中篇小说《康家小院》，后来获得了《小说界》的首届评奖。许多年后，我对采访的记者谈到农村题材的创作感受时说出一种观点：你写的乡村人物让读者感觉不到乡村人物的隔膜就好了。这种观点的发生，源自在灞河滩上的反思，是由《人生》引发的。

## 一次功利目的明确的阅读

在我的文学生涯中，阅读不仅占有一个很大的时间比例，而且是伴随终生的一种难能改易的习惯性意识。即使在把一切出版物都列为“黑书”禁封的“文革”年代，我的“地下式”的秘密阅读也仍然继续着。然而，几乎所有阅读都不过是兴趣性的阅读而已，都只是为了增添知识，开阔视野，见识多种艺术风格的作品。只有一次阅读是怀有很实际很具体甚至很功利的目的，这就是上世纪80年代中期的一次阅读。

那时候我正在酝酿构思第一部也是唯一的长篇小说《白鹿原》，大约用了两年左右的时间。随着几个主要人物的成型和具象，自我感觉已趋生动和丰满，小说的结构便很自然地凸显出来，且形成一种甚为严峻的压力。这种压力的形成有主客观两方面的因由，在我是第一次写长篇，没有经验自不必说，况且历史跨度大，人物比较多，事件也比较密集，必须寻找到一种恰当的结构形式，使得已意识和体验到的人物能得到充分的展示；另，在这部小说刚刚萌生创作念头的时候，西北大学当代文学评论家蒙万夫老师很郑重地告诫我说，长篇小说是一种结构的艺术。他似乎担心我轻视结构问题，还作了一个形象化的比喻，说长篇小说如果没有一种好的结构，就像剔除了骨头的肉，提起来是一串子，放下去是一摊子。我至今几乎一字不差地记着蒙老师的话，以及他说这些话时的平静而又郑重的神情。当这部小说构思逐渐接近完成的时候，结构便自然形成最迫切也最严峻的一大命题。

我唯一能作出的选择就是读书。我选择了一批中外长篇小说阅读。我的最迫切的目的是看各个作家怎样结构自己的长篇，企望能获得一种启发，更企望能获得一种借鉴。我记得当时读的是20世纪80年代中期最具影响的两部长篇，一是王蒙的《活动变人形》，一是张炜的《古船》。我尤其注意这两部作品的结构方式，如何使多个人物的命运逐次展开。这次最用心的阅读，与最初的阅读目的不大吻合，却获得了一种意料不及的启发，这就是，每一部成功的长篇小说，都有自己风格独特的结构方式，而平庸的小说才有着结构形式上相似的平庸。我顿然省悟，从来不存在一个适宜所有作品的人物和故事展示的现成的结构框架，必须寻找到适宜自己独自体验的内容和人物展示的一个结构形式，这应该是所谓创作的最关键的含义之一；我几乎同时也理顺了结构和内容的关系，是内容——即已经体验到的人物和故事决定结构方式，而不是别的。这样，我便确定无疑，《白鹿原》必须有自己的结构形式，不是为了出奇一招，也不是要追某种流派，而是让白嘉轩、鹿子霖、朱先生们，能拥有一个充分展示各自个性和命运的比较自然而顺畅的时空平台。

小说出版许多年了，单就结构而言，也有不少评说，有的称为网状结构，有的称为复式结构，等等。多为褒奖的好话，尚未见批评。我一直悬在心里的担心，即蒙老师告诫的那种“一串子、一摊子”的后果避免了。我衷心感激已告别人世的蒙老师。

我也感慨那次较大规模又目的明确的阅读，使我获得了关于结构的最直接最透彻的启发。其实不限于长篇小说，其他艺术样式的创作亦是同理，这实际已触摸到关于创作的最本质的意义。

## 米兰·昆德拉的启发

米兰·昆德拉热遍中国文坛的时候，大约稍晚加西亚·马尔克斯几年。从省内到省外，每有文学活动作家聚会，无论原有的老朋友或刚刚结识的新朋友，无论正经的会议讨论或是三两个人的闲聊，都会说到这两位作家的名字和他们的作品，基本都是从不同欣赏角度所获得的阅读感受，而态度却是一样的钦佩和崇拜。谁要是没接触这两位作家的作品，就会有一种落伍的尴尬，甚至被人轻视。

我大约是在昆德拉的作品刚刚进入中国图书市场的时候，就读了《玩笑》和《生命中不能承受之轻》《生活在别处》等。先读的哪一本后读的哪一本已经忘记，却确凿记得陆续出版的几本小说都读了。每进新华书店，先寻找昆德拉的新译本，甚至托人代购。我之所以对昆德拉的小说尤为感兴趣，首先在于其简洁明快里的深刻，篇幅大多不超过10万字，在中国约定俗成的习惯里只能算中篇。情节不太复杂却跌宕起伏，人物命运的不可捉摸的过程中，是令人感到灼痛的荒唐里的深刻，且不赘述。更让我喜欢昆德拉作品的一个因由，是与马尔克斯《百年孤独》截然不同的艺术气象。我正在领略欣赏魔幻现实主义的兴致里，昆德拉却在我眼前展示出另一番景致。我便由这两位大家迥然各异的艺术景观里，感知到不同历史和文化背景里的作家对各自民族生活的独特体验，以及各自独特的表述形式，让我对小说这种艺术形式发生了新的理解。用海明威的话说，就是要“寻找属于自己的句子”。这个“句子”不是指通常意义上的文字，而是作家对生活——历史和现实——独特的发现和体验，而且要有独立个性的艺术表述形式。仅就马尔克斯、昆德拉和海明威而言，每一个人显现给读者的作品景观都迥然各异，连他们在读者我的心中的印象也都个性分明。然是，无论他们的作品还是他们个人的分量，却很难掂出轻重的差别。在马尔克斯和昆德拉的艺术景观里，我的关于小说的某些既有的意念所形成的戒律，顿然被打破了；一种新的意识几乎同时发生，用海明威概括他写作的话说就是，“寻找属于自己的句子”。只有寻找到不类似任何人而只属自己独有的“句子”，才能称得上真实意义上的创作，才可能在拥挤的文坛上有一块立足之地。

在昆德拉小说的阅读过程中，还有一个在我来说甚为重大的启发，这就是关于生活体验与生命体验的切实理解。似乎是无意也似乎是有意，《玩笑》和《生命中不能承受之轻》这两部小说一直萦绕于心中。这两部小说的题旨有类似之处，都指向某些近乎荒唐的专制事项给人造成的心灵伤害。然而《玩笑》是生活体验层面上的作品，尽管写得生动耐读，也颇为深刻，却不像《生命中不能承受之轻》那样让人读来有某种不堪承受的心灵之痛，或者如作者所说的“轻”。我切实地感知到昆德拉在《生》里进入了生命体验的层面，而与《玩笑》就拉开了新的距离，造成一种一般作家很难抵达的体验层次。这种阅读启发，远非文学理论所能代替。我后来在多种作品的阅读中，往往很自然地能感知到所读作品属于生活体验或是生命体验，发现前者是大量的，而能进入生命体验层面的作品是一个不成比例的少数。我为这种差别找到一种喻体，生活体验如同蚕，而生命体验是破茧而出的蛾。蛾已经羽化，获得了飞翔的自由。然而这喻体也容易发生错觉，蚕一般都会结茧成蛹再破茧而出成蛾，而由生活体验能进入生命体验的作品却少之又少。即使写出过生命体验作品的作家，也未必能保证此后的每一部小说，都能再进入生命体验的层次。

## 阅读自己

一部或长或短的小说写成，那种释放完成之后的愉悦，是无以名状的。即使一篇千字散文随笔，倾诉了自以为独有的那一点感受和体验，也会兴奋大半天。之后便归于素常的平静，进入另一部小说或另一篇短文的构思和谋划。到得某一天收到一份专寄的刊登着我的小说或散文的杂志或报纸，打开，第一眼瞅见手写在稿纸上的文字变成规范的印刷体文字，便潮起一种区别于初写成时的兴奋和愉悦的踏实，还掺和着某种成就感。如果没有特别紧要的事相逼，我会排开诸事，坐下来把这部小说或短文认真阅读一遍，常常会被自己写下的一个细节或一个词汇弄得颇不平静，陷入自我欣赏的得意。自然，也会发现某一处不足或败笔，留下遗憾。我在阅读自己。这种习惯自发表第一篇散文处女作开始，不觉间已延续了四十多年，直到今天，仍然如此。

阅读自己的另一个诱因，往往是外界引发的。一般说来，对自己的作品，如上述那样，在刚发表时阅读一遍，我就不再翻动它了，也成了一种难改的积习。有时看到某位评论家的评论涉及我的某篇作品的文章，尤其是他欣赏的某个细节，我便忍不住翻开原文，把其中已淡忘的那一段温习一回，往往发生小小的惊讶，当初怎么会想出这样生动的描写，再自我欣赏一回。同样，遇到某些批评我的评论中所涉及的情节或细节，我也会翻出旧作再读一下，再三斟酌批评所指症结，获得启示也获得教益，这时的阅读自己就多是自我审视的意味了。我的切身体会颇为难忘，在肯定和夸奖里验证自己原来的创作意图，获得自信；在批评乃至指责里实现自我否定，打破因太久的自信所不可避免的自我封闭，进而探求新的突破。几十年的创作历程，回头一看，竟然就是这样不断发生着从不自信到自信，再到不自信，及到新的自信的确立的过程，使创作完成了一次又一次的新探寻。

有一件事记忆犹新。1978年是改革开放的标志性年份，也是被称作中国新时期文艺复兴的一个标志性年号。正是在这一年，我预感到把文学创作可以当作事业追求的时代终于到来了。1979年春夏之交，我写成后来获得全国第二届短篇小说奖的《信任》。小说先在《陕西日报》文艺副刊发表，随之被《人民文学》转载（当时尚无一家选刊杂志），后来又被多家杂志转载。赞扬这篇小说的评论时见于报刊，我的某些自鸣得意也难以避免。恰在这时候，当初把《信任》推荐《人民文学》转载的编辑向前女士，应又一家杂志之约，对该杂志转载的《信任》写下一篇短评。好话连一句都记不得了，只记得短评末尾一句：陈忠实的小说有说破主题的毛病（大意）。我初读这句话时竟有点脸烧，含蓄是小说创作的基本规范，我犯了大忌了。我从最初的犯忌的慌惶里稍得平静，不仅重读《信任》，而且把此前发表的十余篇小说重读一遍，看看这毛病究竟出在哪儿。再往后的创作探寻中，我渐渐意识到，这个点破主题的毛病不单是违背了小说要含蓄的规矩，而是既涉及对作品人物的理解，也涉及对小说这种艺术形式的理解，影响着作品的深层开掘。应该说，这是最难忘也最富反省意义的一次阅读自己。

这种点拨式的批评，可以说影响到我的整个创作，直到《白鹿原》的写作，应该是对“说破主题”那个“毛病”较为成功的纠正。我把对那一段历史生活的感受和体验，都寄托在白嘉轩等人物的身上，把个人完全隐蔽起来。《白鹿原》出版十余年来有不少评论包括批评，倒是没有关于那个“毛病”的批评。

我又有启示，作为作家的我，在阅读自己的时候，不宜在自我欣赏里驻留太久，那样会耽误新的行程。

原载《海燕》2008年第9期

# 文学是灯

铁 凝

很高兴在秋天这样一个收获的季节来到首尔，参加韩日中东亚文学论坛。今天我发言的题目是“文学是灯——东西文学的经典与我的文学经历”。

这是我第四次访问韩国，第一次是在1998年，距今已经十年。之后的两次分别是2002年和2003年。前三次的访问和文学并无关系，因为我父亲在首尔举办个人画展，主办方也邀请了我作为陪同前往。不用准备演讲，也不必以作家身份和媒体见面回答问题，这使我的心情很放松，也使我得以更自然、更近切地体味首尔的美丽和雪岳山的神奇。而我学会的第一句韩文就是在飞机上听到的广播：“汉城到了！”

现在我把时间再向前推：上世纪70年代初，在我的少年时代，中国的大门还没有向世界打开，多数中国人对当代韩国和韩国人所知甚少。作为一个少年的我，对于韩国的了解也仅仅来自当时朝鲜的一些电影。那时中国人习惯称朝鲜民主主义人民共和国为北朝鲜，称大韩民国为南韩。南韩当然联系着李承晚“匪帮”，而李承晚“匪帮”背后是

“万恶的麦克阿瑟”。在我的少年时代，一提起韩国，首先会想起某些朝鲜电影里的韩国“特务”形象。比如当时有一部名叫《看不见的战线》的朝鲜电影，影片中一位化装成教师模样的韩国越境特务手拿一本书，和朝鲜的暗藏特务对接头暗号：

问：你拿的是什么书？

答：歌曲集。

问：什么歌曲？

答：《阿里郎》。

我看这电影时正读初中，这段对话在中国的中学生中广为流传。上课时常有学生压低嗓音问旁边正在阅读课文的同学：你拿的是什么书……而女生们更感兴趣的是另一部反间谍电影，说一名韩国女间谍潜入朝鲜去冒名顶替一个名叫贞姬的姑娘，为此她在韩国做了面部整容术。这高超的整容术真的奏了效，使朝鲜人对两个贞姬真假难分。这样，在很长时间里，我以为间谍对于朝鲜的渗透和整容术的先进就是韩国的两大特点。到了上世纪80年代，特别是1988年汉城奥运会之后，中国人对今天的韩国有了新鲜而又具体的感知，这感知远不再是朝鲜电影中的戏剧化脸谱。韩国高速增长的经济，和由此带来的文明、发达，特别是这个民族对艺术不同寻常的尊敬和爱给我的印象尤其深刻。2003年在首尔时，某位韩国画界友人同我说起韩国著名画家金基昌和他的弟弟——金基昌的弟弟金基万是北朝鲜著名画家，上世纪50年代在中国留学时，成为当时也是大学生的我父亲的好友。我问这位韩国友人，金基昌先生在韩国究竟有多高的地位多高的知名度，他说和齐白石在中国差不多。谈话间我和父亲及这位朋友正坐在出租车上，我于是试探地问出租车司机是否知道画家金基昌，司机回答说金基昌先生吗？那么有名的画家，哪个韩国人不知道呢？又说他弟弟也很有名，住在平壤。当我告诉他住在平壤的金基万是我父亲的朋友时，这位司机显得意外而又惊喜。他把我们送至目的地后，特意从车上下来，向我父亲深深鞠了个躬说，因为您本人就是艺术家，又是我们的大画家的朋友，我向您致意。应该说，这位普通司机和70年代朝鲜电影里所提供的韩国人形象是那样的不同。

我还是要提到上世纪70年代。21世纪初年，有媒体问了我一个问题，让我举出青少年时期对自己影响最深的两本文学作品，前提是只举两本，一本中国的，一本外国的。这提问有点苛刻，尤其对于写作的人。这是一个谁都怕说自己不深刻的时代，如果我讲实话，很可能不够深刻；如果我讲假话，列举两本深奥的书，可那些深奥的书在当时并没有影响我——或者说没有机会影响我。最后我还是决定说实话。我出生在一个知识分子家庭，上世纪70年代初是我的少年时代，正值中国的“文化大革命”。那是一个鄙视知识、限制阅读的文化荒凉的时代。又因为出身的灰色，内心便总有某种紧张和自卑。我自幼喜欢写日记，在那个年代紧张着自卑着也还坚持写着。只是那时的日记都是“忏悔体”了。我每天都在日记里检讨自己所犯的错误，期盼自己能够成为一个纯粹的人。实在没有错误，还会虚构一点写下来——不知这是否可以算作我最初的“文学训练”。偶尔的快乐也是有的，比如前边所提到的看朝鲜电影，没完没了地模仿其中特务间的接头暗号：“你拿的是什么书？”“歌曲集。”“什么歌曲？”“《阿里郎》。”这几句平淡的对白之所以被我长久地记住，是因为那个时代我们的文化娱乐生活太过贫乏了吧。但我仍然觉得也还有另外的原因，那就是：这对白里毕竟还有几分属于文学的美感，比如歌曲集和阿里郎。我喜欢阿里郎的发音，就像我喜欢耶路撒冷的发音。类似这样一些词的发音给我的唇舌和声带带来了一种无以言表的愉悦和快感。当然，在那样一个历史时期，我们所能看到和听到的文艺作品更多的是愤怒、仇恨以及对个体的不屑。就是在这样的日子里，我读到一部被家中大人偷着藏起来的书，是法国作家罗曼·罗兰的

《约翰·克利斯朵夫》。记得扉页上的题记是这样两句话："真正的光明绝不是永没有黑暗的时间，只是永不被黑暗所淹没罢了；真正的英雄绝不是永没有卑下的情操，只是永不被卑下的情操所屈服罢了。"这两句话使我受到深深的感动，一时间我觉得这么伟大的作家都说连英雄也可以有卑下的情操，更何况我这样一个普通人呢。更重要的还有后面一句："永不被卑下的情操所屈服罢了。"正是这两句话震撼了我，让我偷着把我自己解放了那么一小点又肯定了那么一小点，并生出一种既鬼祟又昂扬的豪情，一种冲动，想要去为这个世界做点什么。所以我说，《约翰·克利斯朵夫》在文学史上或许不是一流的经典，但在那个特殊年代，它对我的精神产生了重要影响，我初次真正领略到文学的魅力，这魅力照亮了我精神深处的幽暗之地，同时给了我身心的沉稳和力气。另一本中国文学，我选择了《聊斋志异》这部中国清代的短篇小说集。在那个沉默、呆板和压抑的时代读《聊斋》，觉得书中的那些狐狸，她们那么活泼、聪慧、率真、勇敢而又娇憨，那么反常规。作者蒲松龄生活在同样也很压抑的中国清代，他却有那么神异、飞扬、趣味盎然的想象力，他的那些充满人间情味的狐仙鬼怪实在是比人更像人。《聊斋》里有一篇名叫《婴宁》的小说当时我读过不止一遍，婴宁即是女主人公——一个美丽狐仙的名字。在中国古代小说里，如果哭得最美的是《红楼梦》里的林黛玉，笑得最美的则是狐仙婴宁。她打破了中国封建时代少女不能笑、不敢笑，甚至不会笑的约束和规矩，她是天生爱笑，笑起来便无法无天，率性自由，哪怕来到人间结婚拜堂时也可以笑得无法行礼……正是这样一些善良狐狸洒脱而又明亮的性情，她们的悲喜交加的缠绵故事，为我当时狭窄的灰色生活开启了一个秘密的有趣味的、又不可与人言的空间。我要说，这就是在我的青春期文学给我的恩泽和"打击"，这"打击"具有一种宝贵和难忘的重量，它沉入我的心底，既甜蜜又酣畅。

我的文学之梦也就此开始。1975年我高中毕业后，受了要当一个作家的狂想的支配，自愿离开城市，来到被称作华北大平原的乡村当了四年农民，种了四年小麦和棉花。生活是艰苦的，但是和政治火药味儿浓烈的城市相比，农村的生活节奏还是显出了它的松散与平和。尽管那时的中国乡村也还没有保护个人隐私的习惯。比如在白天，每户人家是不应该把家门关起来的，村人串门可以推门就进。不该关门的理由是：你家又没做什么坏事，为什么要关门呢？再比如，作为城市里来的学生，我们总会经常收到一些家信的，那些信件被乡村邮递员送至村委会的窗台上，等待我们路过时取走。常常是，当我们到村委会取信时，我们的家信已经被先期到达的村人拆开并传看着不知读过多少遍了。而且这拆开和传看并不避人耳目，它是光明正大的，且带有一种亲热的、关心的性质。我本人就遇到过这样的事。一次我去村委会隔壁的小卖店买东西，迎面碰见村中一位干部，他面带笑容地告诉我说，铁凝，你们家给你来信了，我拆开看了看，没什么事，你父母身体都挺好的，你就放心吧。那信我又放回村委会窗台上了，还有几个人要看呢……这位乡村干部的话让我哭笑不得，而他那一脸为我父母的身体健康所生出的欣慰表情又使我无法指责他侵犯了我的隐私。我忽然觉得，不光明和不坦荡的说不定是我吧。当然，今日中国的乡村生活已经发生了很大变化，我所认识的一些乡村女孩子，不仅喜欢用写日记的方式抒发内心，还会为日记偶尔被家人看见而与家人吵闹。

中国乡村是我从学校到社会的第一个落脚点，到达乡村之后接触最多的是和我年龄相差无几的女孩子。每天的劳动甚至整夜的浇灌庄稼，我都是和她们在一起。对我来说，最初的劳动实在是艰苦的，我一方面豪迈地实践着，又带着一点自我怜惜的、做作的心情。所以，当我在日记里写到在村子里的玉米地过十八岁生日时，手上磨出了十二个血泡，我有一种炫耀感。那日记的话外音仿佛在不停地说：你看我多肯吃苦啊，我手上都有十二个血泡了啊！我不仅在日记里炫耀我的血泡，也在庄稼地里向那些村里的女孩子们展览。其中一个叫素英的捧住我的手，看着那些血泡，她忽然就哭了。她说这活儿本来就不该是你们来干的啊，这本来应该是我们干的活儿啊。她和我非亲非故的，她却哭着，觉得她们手上有泡是应该的，而我们是不应该到乡村来弄满一手血泡的。她捧着我的手，哭着说着一些朴素的话，没有一点怨毒之心。我觉得正是这样的乡村少女把我的不自然的、不朴素的、炫耀的心抚平了，压下去了。是她们接纳了我，成全了我在乡村，或者在生活中看待人生和生活的基本态度。我还想起了我尊敬的一位作家说过的一句话：在女孩子们心中，埋藏着人类原始的多种美德。岁月会磨损掉人的很多东西，生活是千变万化的，一个作家要有能力打倒自己的过去，或者说不断打倒自己，但是你同时也应该有勇气站出来守住一些东西。三十多年已经过去，今天我生活在北京，我的手不会再磨出十二个血泡，也再不会有乡村的女孩子捧着我的手站在玉米地里痛哭。值得我怀恋的也不仅仅是那种原始、朴素的记忆，那些醇厚的活生生的感同身受却成了我生活和文学永恒不变的底色。那里有一种对人生深沉的体贴，有一种凛然的情义。我想，无论生活发生怎样的变化，无论我们的笔下是如何严酷的故事，文学最终还是应该有力量去呼唤人类积极的美德。正像大江健三郎先生的有些作品，在极度绝望中洋溢出希望。文学应该是有光亮的，如灯，照亮人性之美。

文学是灯，这样说话在今天也许有点冒险。记得索尔·贝娄在《洪堡的礼物》中叙述主人公在飞机上俯瞰一座城市的夜景时，他把那城市璀璨、密集且亢奋的灯光形容成“香槟的泡沫”。那当然也意味着一座城市经济的活跃和能源的充沛。我相信，如果在今晚，假如我们飞行在首尔、东京或者北京、上海的夜空，我们同样会看见这些城市辉煌的灯火如香槟的泡沫。但恐怕不会有谁会想到这晶莹的“泡沫”里有属于文学的一盏。文学其实一直就不在社会生活的中心，特别在信息时代的今天。但我仍然要说，我在文学和文化最荒凉的上世纪70年代爱上了文学，今天，当信息爆炸——也包括各种文化信息的爆炸——再次把文学挤压到一个稍显尴尬的角落的时刻，我仍然不想放弃对文学的爱。读乔尔·科特金的《全球城市史》，他谈到要成为世界名城必须具备精神、政治、经济三个方面的特质，那就是：神圣，安全，繁忙。毫无疑问，我们正在目睹世界很多大都市的繁忙，这里所说的繁忙特指对财富孜孜不倦的追求，如亚当·斯密所倡导的那样。当时有人形容他的声音在世界的耳朵里响彻了好几十年。但实现经济大国的目标，并不意味着现代公民就一定出现。而一座城市的神圣，从广义上也可以理解为高尚信仰的自觉，道德操守的约束，市民属性的认同，以及广博的人性关怀。我再次想到了一座城市如香槟泡沫般璀璨的灯火，那里一定有一盏应该属于文学。文学是灯，或许它的光亮并不耀眼，但即使灯光如豆，若能照亮人心，照亮思想的表情，它就永远具备着打不倒的价值。而人心的诸多幽暗之处，是需要文学去点亮的。自上世纪70年代初期开始，在阅读中国和外国文学名著并不能公开的背景下，我以各种可能的方式陆续读到托尔斯泰、陀思妥耶夫斯基、普希金、普宁、契诃夫、福楼拜、雨果、歌德、莎士比亚、狄更斯、奥斯汀、梅里美、司汤达、卡夫卡、萨特、伯尔、海明威、厄普代克、川端康成等品貌各异的著作。虽然那时我从未去过他们的国度，但我必须说，他们用文学的光亮烛照着我的心，也照耀出我生活中那么多丰富而微妙的颜色——有光才有颜色。而中国唐代诗人李白、李贺的那些诗篇，他们的意境、情怀更是长久地浸润着我的情感。从古至今，人世间一切好的文学之所以一直被需要着，原因之一是它们有本领传达出一个民族最有活力的呼吸，有能力表现出一个时代最本质的情绪，它们能够代表一个民族在自己的时代所能达到的最高的想象力。这里还特别想提到，那时我还曾经读过一位上世纪40

年代美国女作家的一部很短的中篇小说名叫《伊坦·弗洛美》。虽然这小说并不经常被提及，但我十分喜欢，喜欢到生出了一种“阴暗”心理，心想这么好的东西就让我一个人独享了吧，它最好就不要再被别人看到！

如上所述，我青少年时期的文学营养，由于中国特殊的政治、文化背景，若用吃东西来作比喻，不是你想吃什么就有什么，而是这儿有什么你就吃什么。用苏联作曲家肖斯塔科维奇的话：“端给你的是啤酒，你就不要在杯子里找咖啡。”他以此言来形容斯大林时代的暴政。但那时的我，毕竟还是鬼鬼祟祟、偷偷摸摸地在“杯子”之外找到了一些“咖啡”——一些可以被称作经典的文学。它们外表破旧、排名无序、缺乏被人导读地来到我的眼前，我更是怀着对“偷来的东西”的兴奋之情持续着混乱的阅读。但时至今日，当阅读早就自由，而中国作家趁着国家改革、国门敞开，中国越来越融入世界的时代大背景，积极审视和研究各种文学思潮、自觉吸纳和尝试多种文体的实验。当代东西方名著也源源不断地扑面而来，即使在这样的大背景之下，我仍然怀念过去的岁月里对那些经典的接触。那样的阅读带给我最大的益处，是我不必预先接受评论家或媒体的论断，我以不带偏见的眼光看待世界上所有能被称之为经典的文学。其实若把文学简单分为两类，只有好的和不好的。而所有好的文学，不论是从一个岛、一座山、一个村子、一个小镇、一个人、一群人或者一座城市、一个国家出发，它都可以超越民族、地域、历史、文化和时间而抵达人心。也因此，我对文学的本质基本持一种乐观的认识。今天的演讲的内容涉及东西文学经典，这里我想说东和西的概念是一种二元对立的思维，当今世界实际上是多元的。恰恰是对一小部分东西文学经典的接触使我感到没有简单的东和西的对立，所有的人类在许多方面如此相像。文学和写作也使我知道，不论东方与东方之间还是东方与西方之间，不论我们的文化传统有多少不同，我们的外表有多大差异，我们仍然有可能互相理解，并互相欣赏彼此间文化的差异。毕加索曾经坦言中国的木版年画带给他的灵感，20世纪法国的具象绘画大师巴尔蒂斯是那样钟情于中国宋代画家范宽。

2006年秋天我在日本访问时特别去了仙台医学院，鲁迅先生曾经在那里学习。我和经济系的几位教授聊天，我发现他们非常热衷于谈论鲁迅，并为他感到自豪。他们谈到他并不特别优秀的成绩，他和藤野先生之间的别扭，画解剖图时只求美观、把一条血管画到脖子外边去了，还和老师争辩的可爱的固执……他们没有把他看作圣人，但是他们爱他。他们和仙台市民自发地编演了一出《鲁迅在仙台》的话剧，编剧就是几个经济系的教授，而鲁迅的扮演者是仙台的市民——一名微机操作员。几位教授还告诉我说，自从那位微机操作员扮演了鲁迅之后，他本人也长得越发像鲁迅了。这一切使我感到亲切，我看到了一位经典作家和他的文学经典是怎样长久地活在普通人心中，并给他们的身心带来充实的欢乐。

文学是灯，这说法真的有些冒险吧？但想到任何同创造有关的活动都有冒险的因素，我也就不打算改口了。我要认真对待的是，坚持写作的难度，保持对人生和世界的惊异之情，和对人类命脉永不疲倦的摸索，以自己的文学实践去捍卫人类精神的健康和心灵真正的高贵。我知道这是极不容易的。几年前我曾经从一个外行的角度写过一本谈论画家和绘画的小书《遥远的完美》，在书的后记中我写道，几十年的文学实践使我感受到绘画和文学之间的巨大差异：在作家笔下无法发生的事情，在好画家的笔下，什么都有可能发生。我又感受到艺术和文学之间的相似：在本质上它们共同的不安和寂寞，在它们的后台上永远有着数不清的高难度的训练，数不清的预演，数不清的或激昂或乏味的过程。然而完美距离我们始终是陌生而又遥远的，因为陌生，才格外想要亲近；因为遥远，才格外想要追寻。我看到在文学和艺术发展史上从来就没有从天而降的才子或才女。当我们认真凝视那些好作家、好画家的历史，就会发现无一人逃脱过前人的影响。那些大家的出众不在于轻蔑前人，而在于响亮继承之后适时的果断放弃，并使自己能够不断爆发出创新的能力。这是辛酸的，但是有欢乐；这是“绝情”的，却孕育着新生。于是我在敬佩他们的同时，也不断想起谦逊这种美德。当我们固执地指望用文学去点亮人生的幽暗之处时，有时我会想到，也许我们应该首先用谦逊把自己的内心照亮。

面对由远而近的那些东西方文学经典和我们自己的文学实践，要做到真正的谦逊是不容易的，它有可能让我们接近那遥远的完美。但真正的抵达却仍然是难以抵达。我对此深信。

原载《人民文学》2009年第1期

# 帕斯卡尔的芦苇地

赵　丰

握住一片芦花时，自然，我想到了帕斯卡尔，那么，那片片芦花是从他的白发里飘出的吗？

## 一

在所有的植物中，我最喜欢的是芦苇。不是独立存在的芦苇，而是由芦苇组成的那一片风光。2007年6月，在开往南宁的火车上我翻阅着一本杂志，其中有一篇配着图片的文章，题目忘了，那一幅幅芦苇的图片陶醉了我的眼球。我曾想，如果有一片芦苇地，我也许会放弃了写作，把生命匍匐在其中。

之所以喜欢芦苇，完全是我个人的审美需要。这里，我不需要理由。也许，源于年轻时喜欢过的一句话：人是会思想的芦苇。那时，我还没有接触西方哲学的可能，也完全忘记了在什么地方，听谁说的。但是，我就记住了，至今没有遗忘。我不是记性特别好的人，要把一句话铭记三四十年，可见它的魅力。

《思想录》属于那种超越时空的经典哲理散文，像一叶智慧的扁舟，引领人类驶向远离浮华虚空的彼岸。正因为此，我在阅读时感受到一种灵魂觉醒的惊喜。读《思想录》，更是一次走近大师的心灵之旅，把许多人从精神的噩梦中唤醒。

在帕斯卡尔看来，人是由两种品性相反而又不可分离的元素即身体和灵魂组合而成的复合体。身体显明了人存在的物质性，单从这方面而言，人只不过是一根苇草，同自然界的一切毫无异处，同样的只占据有限的空间与时间，同样的渺小、脆弱，即使是极微不足道的威胁就可能让他从一种存在变为另一种存在乃至非存在。但灵魂的非物质性却使这株苇草又高居于自然之上，灵魂即思想，是人之为人的根本标志，人一旦没有了思想，即刻就沦为卑微之物：有生命却不知道有生命。他说："我很能想象一个人没有手、没有脚、没有头（因为只是经验才教导我们说：头比脚重要）。然而我不能想象一个人没有思想，那就成了一块顽石或牲畜了。"思想拥有无限的空间与时间，能够渗透于宇宙的各个角落，人因此而成为宇宙的王。

在帕斯卡尔之前，我很早就阅读了《培根论人生》，《蒙田随笔》是去年夏天里我的盛宴，而《帕斯卡尔思想录》的姗姗来迟是一个定数。因为没有思想的积淀，就无法接近他。这是我自己的感觉，并非厚此薄彼。我也不是刻意地安排，一切像是天意。我惭愧的是，在这本书诞生之后的三百多年，我才走近它。

帕斯卡尔说出了我虽有感悟但无法表达出的东西，"人只不过是一根苇草，是自然界最脆弱的东西；但他是一根能思想的苇草。用不着整个宇宙都拿起武器来才能毁灭他；一口气、一滴水就足以致他死命了。然而，纵使宇宙毁灭了他，人却仍然要比致他于死命的东西更高贵得多；因为他知道自己要死亡，以及宇宙对他所具有的优势，而宇宙对此却是一无所知。因而，我们全部的尊严就在于思想……"帕斯卡尔用一串串精神的记录证明，他是一根最有尊严的苇草。这个体弱多病的人，就像芦苇在风中摇摆，但在思想中，他有着哲学家的坚定。如果不去解读、不去体会，谁也不会相信在他清瘦的面孔和孱弱的外表下掩藏着的是怎样深刻和矛盾的心灵。

## 二

偶尔，我会发出“我究竟是什么？”这样的疑问。对于自己的骨肉，我也抱着疑惑。从帕斯卡尔的《思想录》中，我得到了答案。除此之外，在无穷无尽的宇宙里，我们又能用什么描述呢？

好像，《圣经》中有类似的句子。“凡有血气的，尽都如草。他的美容，都像野地的花。草必枯干，花必凋谢，因为耶和华的气吹在其中，百姓诚然是草。”

这是开天辟地以来最接近帕斯卡尔那个比喻的文字。无疑，帕斯卡尔是读过《圣经》的，但这绝对不会影响到他的伟大。因为，在“草”之前，他加入了“思想”这两个字。

我惊异于帕斯卡尔“人是一根能思想的苇草”这个比喻。我以为，在人类迄今为止的语言中，这是最精彩、最伟大的一个比喻。我常常歪着头（这是我思考时的习惯），设想着帕斯卡尔说出这番话的表情。可是，三百多年的真空，太遥远了，想象总是受到阻碍。但是，只要思想，就会有收获。幻觉里，我的眼前出现了一片芦苇，它生长在临水的河边，茎秆中空，叶子翠绿，在风里歌唱，并开出美丽的芦花，帕斯卡尔在其中行走……

帕斯卡尔的芦苇地。那是属于他的精神家园，由他开垦、播种、耕耘，并最终收获的芦苇地。那是在世界的一个极为隐蔽的角落，永远不会被别人发现；或者说，那是人们用肉眼无法触及的芦苇地。这样就具备了安全感。他可以放心地、尽情地、赤裸地在其中想象，呐喊……

我觉得，我给帕斯卡尔设计了一个理想的外部环境。正是具有了这样的环境，他才能收获到不同凡响的硕果。

当他还是一个十一岁不谙世事的少年的时候，就写了论文《论声音》，发现了欧几里得第32命题，十六岁写了《论圆锥曲线》，完成了帕斯卡尔六边形定理。关于数学的问题，关于物理学的问题，在很早的时候就吸引着这个少年的兴趣，这兴趣使他很早就开始了自己的科学生涯：十九岁制造了计数器，为计算机的发明奠定了基础，Pascal语言就是以他的名字命名的，以后他又提出了“帕斯卡尔三角形”，发现了密闭流体能传递压强的物理学定律（帕斯卡尔定律），他还发明了注水器、水压计，改进了气压计。

这是科学界的幸运。

但是，他那颗不安分的心灵始终没有把眼界局限在既定的事物上，当人类万象向他扑面而来的时候，他积极地接受着这些新鲜的信息，开始发现、创造，向一切未知的领域跋涉。他在无意中成就了哲学和文学，数学家、物理学家、哲学家、文学家，这是后人为他的天才思考和发明授予的冠冕。

有人说：在历史上，那些思想的巨人，他们投身于哪个领域，就是哪个领域的幸运。但是具有多方面天才的巨人，是很难被哪一个领域束缚住的，要是他有一颗总不安分、永远探索的心灵的话，就更是如此。

帕斯卡尔怀揣着一颗永不安分的心灵。这份心灵引导他跨越了一个又一个的障碍，成就了一个又一个的目标。他的灵魂是高洁的，思想是放射的，追求是永无止境的。他不拘泥于一条道路而随时调整自己、改变自己，不断转换兴趣和方向，而他执着的个性和彻底的精神，又使他在自己关注的领域走得很深、很远。

## 三

荒芜中生长着苇草，它是自然界中最脆弱的东西，人就是那最脆弱的草蔓，在风中无力地摆动着、摇晃着，然而，人又是多么伟大，因为他是一根能思想的苇草。在上帝恩典的土壤里，由于具备了思想，人类才会常青、美丽。

这段联想，是我在2007年的一个秋日面对着一片芦苇而产生的。这个秋天多雨，一个雨后有阳光的日子，朋友约我去钓鱼。我的钓技极差，很少使用这项消遣的方式。但是那天，不知哪根神经出了问题，就同他去了。他引领着我向沣河的上游奔去，与往年不同的是，河里积满了水，草也茂盛。在一片挖过沙的河滩，我见到了一片面积很小的芦苇，但足以令我喜出望外。

我举着钓竿只有几分钟，就放弃了，先是坐着，后来就躺在那片芦苇中了。我感谢这个多雨的秋天，给了北方这片土地一片芦苇，让我有了一个驰骋思想的空间。

秋天的芦苇一片苍茫。灰白的芦花开始到处飘荡，翩翩若雪。握住一片芦花时，自然，我想到了帕斯卡尔，那么，那片片芦花是从他的白发里飘出的吗？他说："人显然是为了思想而生的。"他是一个哲人，思想中没有规范的体系和严谨的学说，他风格散漫，形式随意，是个任思绪流淌而不做聚集和汇总的人，宛若一片自由的芦花。他的毫无拘束的思想火花奔放不羁，直抵生命的最深层次。他关于生命思考的片段动感、跳跃、肆意、热情，这种从心灵流溢出的思想碎片比那些经过人为加工过的更为真实和可靠。

"我们认识真理，不仅仅是由于理智而且还由于内心"。在人与人之间我们的内心可以洞悉彼此的思想，感受着彼此的感觉，在人与自然中我们的内心可以体会自然的规律，掌握自然之间的联系，我们的内心可以与生者交谈，与死者沟通，在过去和未来之间我们的内心可以跨越历史的云烟，接近现实的真理；在浩瀚的宇宙间我们的内心可以真真切切地告诉自己：你本是微不足道的，但因为有了思想，你成了宇宙的精灵，万物的灵长。

躺累了，我便起身站在一个高处，对这片芦苇进行俯视。视野里的芦苇，虽然很小，但是比起任何旷野的景致都要壮观。成熟的芦苇如满头花发的老人，脱去轻飘，归于凝重，静谧中有一种庄严和安详。我想芦苇如果有眼睛，也一定是充满阳光般的睿智，那是超越了一切悲喜苦痛的旷达。

其实这里是一片河滩，更多的是荒草、沙子、水面，还有一些叫不上名字的在水面贴着滑翔的鸟。它们也太过招摇了，翅膀扇动着，发出不可一世的鸣叫。它其实是没有思想的，正因为没有思想，它才会如此肆无忌惮。任何一个思想家，都会在广阔之处表现得沉默。那正是一种成熟。就像面前的芦苇，该张扬时便张扬，该安静时就安静，似乎自己智慧地把握着生命的节奏。

芦苇的生命是智慧的生命，读懂了芦苇就读懂了一种彻悟灵透的人生。水边的芦苇，一旦成熟，就自然地走向宁静。张扬和安静，是需要用心去选择的。芦苇的境界，人是不容易达到的。

沣河岸上的这片芦苇地，我设想它是属于帕斯卡尔的。

## 四

站在沣河滩的那个高地上，我还想到，人是高于自然的，在自然界中人有着绝对的优势，他的优势表现在精神上，在于他的思想上。思想可以超越自然超越物质，可以通向无限，这使得人在自然中有了尊严，有了主宰世界的能力。帕斯卡尔说过："能思想的苇草——我应该追求自己的尊严，绝不是求之于空间，而是求之于自己的思想的规定。我占有多少土地都不会有用；由于空间、宇宙便囊括了我并吞没了我，有如一个质点，由于思想，我却囊括了宇宙。”

思想包容着天宇，思想涵盖着时空，思想证实着生命。这是思想的气魄，也是思想的魅力。

朋友在收竿，西山的晚霞送走了遥落的太阳，秋风下，金黄色的芦苇在水面荡漾，一片片云朵围拢着又散去，舞动成晚霞样的遐想。

朋友钓了许多鱼。这是他的拿手戏。其实，他并不喜欢吃鱼，钓来的鱼除了留给他的妻子和女儿，其余都送给了邻居和朋友。他说，我在乎的是钓鱼时的感觉，没有工作，没有应酬，没有烦恼，就只有我自己的思想。在这片属于帕斯卡尔的芦苇地里，我惊喜地发现，我的这位朋友居然拥有了帕斯卡尔般的境界。当他陷于那个小城，那间只有十几平方米的办公室时，他是陷入思想的荒芜的。人的思想就是无边的宇宙，当人们热衷于建立体系和规范的时候，其实也是在从事着一件作茧自缚的工作。没有规矩不成方圆，方圆本身就是一种界定，边缘限制了我们无限的思维。很多时候我们迂腐地相信推理、判断，相信逻辑和经验，从而忽略了一闪而逝的灵感，岂不知，这灵感实实在在是构成我们思想一个不可忽视的因素。我们为什么不能像帕斯卡尔那样，在广阔的芦苇地里收获灵感呢?

事实上，我们很难做到。

帕斯卡尔关注的是生命和生命中昂扬的激情，尽管他矛盾的气质使自己一次次陷入痛苦的泥沼，固执地在宗教里寻求解脱，但他还是呼唤“人必须认识自己，如果这不能有助于发现真理，至少这将有助于规范自己的生活，没有别的比这更为重要了”。“假如我们真的无法认识真理，那么让我们降低要求和标准，认识自己，从而规范自己的言行，而认真的生活态度和对上帝的虔诚是一切的基础。认识你自己，认识自己至少是认识人的一部分，伟大与卑微的统一，高贵与贫贱的统一，神性与奴性的统一，幸福与不幸的统一，我们对自己越是认识得深刻，就越是接近于一个真实的人。”

在说出这番话后，帕斯卡尔忽然发现自己陷入一种可怕的境地，在渺小与伟大中无从选择。他将自己置于芦苇地的深处，任冬日的晚风吹着。

那个夜晚，帕斯卡尔的灵魂破土而出，与上帝遭遇，于是他紧紧地握着上帝的手，所有的问题豁然中开，他找到了皈依。这是他的一次再生，一次灵魂的洗礼。

那一天，他三十一岁，他乘坐的马车坠入塞纳河，远去的河水带走了两匹马，而他却奇迹般地存活了。他要感谢，感谢命运，感谢一种拯救他生命的东西，这种东西模糊地站在自己的前方，这么多年来自己竟是无端地放过了对这种东西的认识和思考。那一夜，他坐在昏暗的灯光下，静静地翻开了那一页书籍：《新约全书·约翰福音》。

当他反复咏诵这些经文的时候，他感到了一种召唤，走进一种状态。他的思绪飞泻，幻想扑面而来……那一夜到底发生了什么？没人知道细节，但是那一夜在他短暂的生命里却构成了一个转折点，他飞速地写下了《火》，把他瞬息的灵感和思想记录了下来：

你的上帝将是我的上帝，
除了上帝忘记世界、忘记一切。
他仅仅通过福音书的教导被发现，
人的灵魂的伟大
正直的天父，世界尚未知你
但我知道你……
我从他们分离
他们抛弃了我，生命之泉

我的上帝，你要抛弃我吗？

在他死后8年，他写下的这张纸和一个羊皮纸抄本被发现缝在他的外套里，而这一晚发生的事他终生守口如瓶，无人知晓。后来人们把这一夜叫作“火之夜”，把他记下的这个东西叫作“追思”。

这神秘一夜的体验使他完成了生命中对上帝的又一次皈依，他从此开始了修道式的生活，他收留穷人住在自己的寓所，帮助不知名的流浪少女，他效仿耶稣“我热爱贫穷是因为他热爱它……我热爱财富是因为它给了我帮助悲苦不幸者的手段”。他变得内向而沉默，封闭着自我，思考着上帝。

逐渐地，他离上帝近了，离生命远了。1662年，他三十九岁，正值人生最美好的时光，上帝却领走了他。

面对他在人生舞台的谢幕，我真的不知道说什么才好。也许，这就是真实的帕斯卡尔。惋惜，是毫无疑义的。

那一刻，帕斯卡尔刚刚做完一个梦。他梦见自己置身于一片芦苇地，神秘的霞光将芦苇映照成玫瑰色……他举着双臂，向着玫瑰的深处翱翔。

“思想，人的全部尊严就在于思想。”

这是他留给这个世界永恒的嘱咐。

原载《雨花》2010年第5期

# 书香何来

张 炜

## 开花又结果

无论中外，学医的人后来成为文学家的都不在少数。可能文学和医学都是以人为对象的，都极其关心人的身心健康吧。如果说文学家最关心的是“心”而非“身”，那么医学关心的则更多的是“身”。其实这样说也有问题，因为心与身是不可能分开的，一方面不健康，另一方面也不会健康。

研究人的生命状况，极其专注于这回事的，首先还是医生和作家们，这就是他们二者的身份常常相互转化的奥秘。医生有听诊器，听呼吸听心跳，这和作家也是一样的。因为作家关心的是人的心灵的搏动，然后再仔细记录下来。一部部文学作品其实可以看成是人类的一份份灵魂“心电图”。

文学阅读对于一个民族的健康是至关重要的，我们总是说要“建立书香社会”，在这个梦想里，有一大部分就是有关文学功用的。书籍真的是有香味的吗？闻一下，即便有，也在纸页之间若有若无的。而且有的人闻得到，有的人闻不到。一般来说，我们年轻的时候，闻到的书香更多也更浓烈一些——许多人还记得小时候好不容易得到了一本书，喜欢得不得了，除了看，还要不断地放在鼻孔上嗅，觉得它真的是香极了。那时候要说“书香”二字，我们是最容易理解的。

而今天说到这两个字，主要还是从比喻的意义上来讲的。这就与过去说的书香不是一回事了，与事物本身隔开了一层意思。其实在嗅觉上越来越感觉不到书的香气的原因，很可能是因为我们的生命发生了退化。渴望书籍，入迷文学，这真的会带来一些很特别的感受。那时将纸页对在鼻子上闻到的美好的气息，并不完全是一种错觉。当然，这里面有一部分原因是心理造成的，而另有一部分是因为极度的喜欢和渴求，促使我们的嗅觉变得异常敏锐的缘故：墨和纸张纤维的气息被放大了，并且排除了其他不好的元素，只将它来自于原野大地的气质提留出来，吸进了肺腑。

想一想纸张是什么变成的，就可以更深入地理解这一切。树木和草、植物秸秆，是这些化成了纸。它们长在地上又开花又结果，是很好闻的。现在它们变成了很薄很细的一层，精致可爱，让人摩挲不已，所谓的爱不释手就是这样。草木变成纸有点像粮食变成煎饼，成为更可食用的形式了。再说墨，它很早以前是用植物烧成的炭再调和香喷喷的油做成的，不用说就是很让人亲近的东西。后来改为矿物原料了，那矿物说到归总也是大地的生长，最后藏在了地底下，就像蓄在了粮囤子里。总之，这都是好东西，是大地上长出来的阳光下的生命。

当年书籍真是太少了，那时得到一本就会格外珍惜，一天到晚放在身边，还要不时地拿出来看一看。这种记忆许多人都会有。长大了，读到的东西多了，也就一点点淡漠了。除非是特别打动人的文字才能让我们留恋，不舍得放手。这种美好的阅读经历我们不会陌生，一些书籍常常令人爱不释手，唯恐读完，文字织成的世界多么神奇，让人一遍遍想象它描绘的情景。

大地上的植物经过很多环节，最后转化成书，也等于是另一种形式的开花结果。它的香味更深地藏在了里边。我们一遍遍读书，打开它，也就是在享受它的气息。

## 告别书香

眼下我们谈到阅读难免会有一种忧虑，就是读者越来越少，以前那种万人争读的盛况已经不复存在，好像真的出现了阅读危机。实际上这种忧虑不是从现在才开始的，它在几百年前或更早以前就出现过。因为对比起来，精神的渴求与身体的需要相比，精神必然常常被疏忽，口渴要喝水，饿了要进食，这都是不能拖延下去的。一旦物质相对匮乏了，或者是对这种匮乏记忆深刻的人，寻找它的欲望就会格外强大，有时就会忘掉精神的需求。不过忘记了忽略了却不等于完全消失了，它还要埋在心底，说到底这还是心的问题，也就是说有心就有这种需要。

从这个意义上看，心的渴求是不会彻底废止的。

有一点我们尽可以放心，文学阅读是人类的一个嗜好，这世上只要有人存在，就会有这种阅读。二三十年前，一本刊物的发行量可达几百万份，一本长篇小说会印行一百多万册，那时巨大的文学受众已经和现在不可同日而语了。这些记忆离我们并不遥远，怎么弹指一挥间，这些读者就迅速跑散了，走开了，这可能吗？

实际上阅读仍然还是阅读，读者是永远存在的，人类的这个与生俱来的嗜好并没有改变。问题在于其他，比如说阅读的形式改变了。网络上的小说一个月就能达到几十万几百万的点击量，杂志、报纸、书籍的出版也增加到前所未有的数量。一部长篇小说出版后，印数是一两万十几万不等，而放到网上以后，短短的时间内点击量就能达到几十万。这又使我们不免疑惑：作为纯文学作品，在这样短的时间里，果真会有几十万的阅读量吗？

原来，为数不少的人也就是用鼠标点开看一看，然后就走掉了，他们只是“到此一游”而已。看来有深度的阅读少了，泛泛的浮光掠影的阅读扩大了。据统计，当下的纯文学印刷量已经比上世纪七八十年代翻了好几倍，而现代化的传播手段，教育程度的普及与提高，不同程度上使总的阅读量都较前大为增加了。看来对文学阅读的忧虑，主要是因为缺少高品质的阅读者。

现在的阅读大半是闻不到书香的。这除了因为匆促的浏览，不能感受文字深处的蓄藏，还因为更多是从荧屏上阅读的缘故。电子技术生成的文字，怎么会有香气？比起印刷的书籍，它离大地生长的意义相隔太遥远了。从荧屏上捕捉一些信息还可以，要慢慢揣摩文字就困难了。

所以，现在知道很多消息的人随处可见，而保持了个人思考力的人就很少了。大家都在说潮流中传来传去的见解，并没有多少自己的主意。因为人在荧屏文字前的思考力是很弱的，而沉入书本的阅读才会引发这种思考能力。看来我们从离开了书籍之后，也就从根本上告别了“书香”这个概念。

可见依恋于现代传媒之类的阅读，在网络上流转的文字，是很难建立书香社会的。相反，这还会使我们匆忙和浮躁，离那样的社会越来越远。

## 刺鼻的气味

不过，当我们真的离开荧屏回到书籍，那又会怎样？现在打开一份杂志，翻阅书店或街摊上摆放的一些读物，情况也并不美妙。我们实在需要小心。对不少人来说，这些读物里面会散发出刺鼻的气味。本来是很好的纸张印出来的，应该有书的香气，可是由于上面印的是许多不洁的内容，等于掩藏了污垢，这让我们从哪里去找书香？原来读书也可以是追脏逐臭的事情，这已经不是什么秘密。

一个留恋美好阅读的人，除了自己要苦苦寻觅好书，还要同时忧虑这个世界。他常常想通过媒体告诉自己的忧虑，可是渐渐发现这也是很困难的事情。因为实用主义盛行，到处都在“摸着石头过河”，得过且过，只问实利，不问手段。这样的社会情势之下导致的精神状态会是怎样，当然是不难设想的。说到底，社会上缺少了道德和人文精神的强大制衡力，人的生活是不会幸福的，即便是短时期内积累起来的社会财富，也很快会被破坏掉。写作是心灵之业，所以急功近利的时代鲜有美好的写作——有的虽然还在写，却不是按照自己的良心行事，而是根据实际利益的需要来写。这一切加起来，对于阅读环境来讲，就形成了大面积的溃败。

他们会痛苦地发现，有人为了商业利益，正不遗余力地把普及工作做到公众中去，全力地推广垃圾。剩下的优秀之作却没有什么影响力，因为被垃圾覆盖了，公众不知道它们。更有那些深沉的阅读者，在群众当中会显得很不合时宜。那些适应商品社会游戏规则大为通行、沉醉其中的人会变得名噪一时，却没有什么意义。读者在这样的时势之下最容易受到伤害。那些对时代对读者对自己都有承诺的人一定会感到疲惫，因为日复一日的磨损，不论对肉体还是精神，都是严重的消耗。

有人说眼下书店里堆了那么多垃圾，多到令人目不暇接。坐飞机坐火车都有卖书的地方，去翻一翻，烂书居多，有不少甚至可以称为“学坏指南”，比如教人怎么丢掉最后的一点自尊心，怎样讨好权势；教人奢侈沦落，教人信奉庸俗社会学，等等不一而足。也有一些民族文化的精华，却偏偏用一层浅薄庸俗的东西包裹起来再卖，就像好生生的东西抹上了脏物一样。有时这些书的旁边还要摆上电视，作者在里面不停地演示他们的所谓“作品”，音量放得很大。在这样的环境，如果一个人想静下心来读读自己随身携带的好书都很难。到处噪声刺耳，人人不得安宁，这就是我们旅途上的阅读环境。

文明之地不是以金钱的多少来界定的，幸福之地也不是这样来界定的。到其他地方走一走，会发现有的角落并不十分富有，但那里的人群是能够安静读书的，他们自己在好好阅读，所以并不吵闹别人。有人说庸俗与否只是个人的事情，并不妨害别人。其实哪有这样简单，庸俗一定会妨害别人的。比如说在公共场合大吵大叫，就危害了别人的安静。庸俗的人一旦管理了一个社区，他就会让全社区按他的低级趣味运行，到处散发出庸俗的气味。在这样的地方生活，我们还怎么能闻到“书香”？

所以说许多人都有这样一个梦想，就是这辈子能到那样一个族群里生活：这里的人手不释卷，温文尔雅，大地绿色蓬蓬……是的，爱读书的地方一般都是绿色较多的，日子也安稳富裕。这样的地方不会是天天急着搞钱，一个个惶惶如丧家之犬；也不会是一年年总是折腾不止，不停地忙着让社会“转型”，人民无法休养生息。

说到底，书香扑鼻之地，也就是人类生存的幸福之地。

原载《黄河文学》2011年第8期

# 读书识人

侯凤章

---

## 一

能让躺在文字中的人，站起来走进你的心中，实在是读书人的一大乐事。

我爱结识书中的人，尤其是那些湮没在历史烟云中被后人书写的真实的人。他们融在历史的风尘中，披着神秘的面纱，偶尔显露点模糊的面容，吸引着我不断地读书、读文以此走近他们。

知识分子总是有着鲜明而独特的个性。

金岳霖，中国哲学家、逻辑学家。我接触过他的《知识论》，大部头著作，很深奥，难理解，所以没读完。《知识论》，他写过两遍，第一遍是抗战时，在西南联大教书写成的，可惜一次跑空袭警报，丢在了昆明城外的蛇山上。丢得很可笑，他说当时他席地坐在书稿上，解除警报回家时，他站起来就走忘了拿书稿，等到返回去找，已无踪影，他恨不能掘地三尺，但书稿是彻底不见面了。没办法，只能重写。这本书1983

年商务印书馆出版，冯友兰评语是“道超青牛，论高白马”（青牛指老子，白马指公孙龙）。1984年金先生就去世了。有评价他的一生是“地上生活浪漫情，云端分析理性魂”。

金岳霖是个怪人，怪得十分可爱。他终身未娶，原因是爱林徽因太深。其实他在留学时，就有一位女朋友，叫秦丽莲，美国女子，领回北京后，由于他的古怪，生活拮据，女友弃他而去。他酷爱养大斗鸡，吃饭时，鸡啄饭桌上的菜肴，他安之若素与鸡共餐。沈从文曾请他给学生讲小说与哲学的关系，讲来讲去，最后说小说与哲学没关系。一个女生，据说是萧珊问他：“您为什么要搞逻辑？”意思是说逻辑枯燥，他回答说：“我觉得它很好玩。”上世纪50年代，北大请艾思奇讲演，大批形式逻辑，讲完后，金先生站起来说，刚才艾先生讲话完全符合形式逻辑。

金岳霖留美学的是商科，但他认为：“簿计者，小技耳，吾长七尺之躯，何处学此雕虫之策。”于是改攻政治学。后来一次他和张若奚在巴黎逛大街，发现一群法国人在辩论，他们听得很过瘾，回来后，他就改攻逻辑学，终为逻辑学大师。据说他十几岁，按逻辑推出中国俗语“金钱如粪土，朋友值千金”的结论竟然是“朋友如粪土”。

张若奚是金岳霖的同学，新中国国号中华人民共和国，据说是张若奚建议确定的。普通话的定义也出自张若奚之手。他敢骂蒋介石，1946年初，他在西南联大演讲中说：“假如我有机会看到蒋先生，我一定对他说，请他下野，这是客气话。说得不客气点，便是请他滚蛋！”金岳霖说：“张熙若这个人，王蒂（周培源夫人）曾说过‘完全是四方的，我同意这个说法’。四方形的四边是非常之广泛，又非常之和蔼可亲的。”张熙若即张若奚，字熙若。

张若奚英语水平极高。妻子杨景任是陕西省派遣留学的第一位女生，夫妇极为好客，经常英汉并用，与博学的客人交谈，联大优秀的英语讲师李赋宁就是在这种交流中脱颖而出的。

李赋宁和吴宓是同乡，两家又是世交。1935年，李赋宁考上清华大学，他想学工，吴宓建议他修文学，进了清华外国语言文学系，终其一生从事外国文学的教育和研究。“文革”后，吴宓迟迟不得平反，李赋宁亲笔起草了一封报告，请许多学者签名后呈给中央统战部部长乌兰夫同志，才使吴宓冤案得以昭雪。

金岳霖这个怪人，遇上张若奚这个直人，难免不发生矛盾的，他们也吵架。金岳霖曾指责张若奚“充满傲慢与偏见”，张若奚反驳“你才是缺乏理智与情感”。

由金岳霖的怪和张若奚的直，我想到了狂人刘文典。

刘文典曾做过孙中山的秘书，留学日本时和鲁迅一同为章太炎的学生，民国时期做过安徽大学代理校长。他研究古典文学，尤重《庄子》，最瞧不起新文学，常常流露出轻视作家的情绪，在西南联大时最崇拜陈寅恪，最爱奚落沈从文。他公然讲道：“陈寅恪才是真正的教授，他该拿四万块钱，我该拿四十块钱，沈从文只该四块钱。”有一次跑警报，他看见沈从文也在跑，竟呵斥道：“你跑什么跑？我刘某人是在替庄子跑。我要死了，就没人讲《庄子》了！就你这个人，还跑什么跑？”吴宓讲《红楼梦》，刘文典也就近找了个教室讲《红楼梦》，和吴宓唱对台戏。

刘文典也骂过蒋介石。一说是他当安徽大学代理校长，蒋介石去视察，刘文典没安排热烈欢迎的场面，蒋介石很扫兴，当即让人叫校长来。刘文典穿得破旧不堪地来了，蒋介石问：“你就是刘文典？”刘文典却不屑一顾地问：“你就是蒋介石？”于是两人大吵大闹，结果蒋介石把刘文典关进了监狱。还有一说是当时学潮不能平息，蒋介石召见了女中校长程勉和安大代理校长刘文典，见面后，蒋介石冲口即问：“你是刘文典吗？”刘冲口即出：“字叔雅，文典只是父母长辈叫的，不是随便哪个人叫的。”蒋介石拍案怒吼：“你怂恿共党分子闹事，该当何罪？”刘文典大呼："宁以义死，不苟幸身！"躬身向蒋碰去。

时间生成了许多人与事，时间又销蚀了许多人与事，就在这生成与销蚀中，历史的长河滚滚流淌。

## 二

金岳霖完全不同于刘文典，他不会这样顶撞领导，他很听话。有一阵领导建议他要接触社会，他就找了个三轮车夫，让车夫经常拉他到王府井去，在大街上接触社会。

上世纪50年代思想改造运动中，金岳霖因素与政治无涉，过关较快，又成了积极分子。组织上让他给冯友兰做工作，一进门，金岳霖大声说："芝生，你有什么对不起人民的地方，可一定要彻底交代呀！"说着和冯友兰抱头痛哭。

金岳霖在运动中没咋挨整，让我又想到了张中行。

张中行，散文大家，晚年以《负暄琐话》名满天下。他是杨沫的前夫，杨沫写《青春之歌》，曾描述过两人的隔膜，表现了对张中行当时选择的不满。张中行在"三反五反"运动中吃过亏，主要是之前，为了养家糊口，业余时间替天津办的《语文教学》约稿编稿，挣了点稿费，被定为贪污分子。他由此知道，思想上不能乱说乱动，生活上清贫度日才对。1957年"大鸣大放"时，他知道祸从口出，不可乱说，所以任领导怎么动员，他就是不说话，一定要叫说，也是"成绩是主要的"，末尾带点鸡毛蒜皮。后来，他身边的同事一个个落马，打成了右派，他却逃过了一劫。

金岳霖没挨整是因远离政治，张中行躲过一劫是因坚持不说。历史的经验值得注意，万万不可粗心大意。

由金岳霖深爱林徽因而终身未娶，我又想到吴宓。

吴宓，与梅光迪、胡先骕为现代文学史上"学衡"派主将，反对新文化，反对白话文，他学问深，但花心重。他在和陈心一结婚有了三个孩子时，爱上了毛彦文。毛彦文才貌双全，善于交际，最早留学海外并获硕士学位，是新潮女性。早年与表兄朱君毅相恋，朱君毅在清华学堂读书，与吴宓是同学，吴宓在与陈心一结婚前就认识了毛彦文，花心萌动，后朱君毅以近亲结婚对后代不利为由与毛彦文解除婚约，吴宓就见机热追，毛彦文严词拒绝。吴宓为了表示诚心就与陈心一离婚，抛弃了三个幼女。他又写诗："吴宓苦爱毛彦文，三洲名士共惊闻。离婚不畏前贤讥，金钱名誉何足云。"金岳霖曾劝说吴宓："你的诗好不好我不懂，但其中涉及毛彦文这就不是公开发表的事情。这是私情，不应该拿到报纸上宣传。我们天天早晨上厕所，可我们并不为此宣传。"吴宓大怒："我的爱情是上厕所吗？"金岳霖自知说错，只好干挨臭骂。

吴宓保守固执，对女人用情泛滥，在追毛彦文的同时，热恋别的女人，一会儿说与毛彦文结婚，接着又临阵推托，纠缠中彷徨四顾，欺人中又在自欺。1935年2月，毛彦文与北洋政府前总理熊希龄结婚，熊66岁，毛33岁。吴宓痛悔不已，写忏悔诗38首，但为时已晚。

金岳霖真心爱人，吴宓在挑剔中滥用感情，但都以悲剧结束了自己的爱情人生。

人性是复杂的，人情是复杂的，这其中有社会因素，但天性也同样不可忽视。有什么样的人性，就会有什么样的人情，自古皆然，我们只能以"海纳百川"之心来容可容与不可容之人之事。

## 三

人生在每个阶段都需要清醒地审视自己、调整自己，使独立的个体的生命，在自我设计和自我实现的过程中守住尊严、守住清白。

金岳霖留学海外，与蒋梦麟是同学。

蒋梦麟学成回国，当过国民政府第一任教育部长，1930年12月至1945年9月任北大校长。蔡元培任北大校长时，蒋梦麟为总务长，蔡校长多不在校，蒋梦麟就代理校长职务，为北大的建设和发展作出了突出贡献。后到台湾，蒋梦麟曾不无调侃地说蔡元培和胡适是北大的功臣，他和傅斯年是北大的“功狗”。

蒋梦麟的《西潮》写成于抗战时期，是自传体。据说是每日跑空袭，在无灯光、无桌椅的山洞里写成的。罗家伦评价此书“富有哲学内涵和人生风趣”，另有人评价为“朴素中暗藏睿智，平淡间自有真情”。

我读过《西潮》，文字朴素、平淡、风趣、优美，叙述自然，引人入胜，胜在人生经验丰富，社会场景宏大，思考深刻，见解独特，今天解读感悟仍觉其目光深邃。但对人对事的态度明显世故圆滑，比如对闹学潮的学生，他既有不满，也有同情，把不满融入同情之中，他借一老教授的口说：“这里闹风潮，那里闹风潮，到处闹风潮——昨天罢课，今天罢工，明天罢市，天天罢、罢、罢。”“有人说，新的精神已经诞生，但是我说，旧的安宁的精神倒真是死了！”对学潮的不满可见一斑。对段政府开枪杀害青年学生也无指责之语，只是说：“我在事前曾经得到消息，说政府已经下令，学生如果包围执政府，军队就开枪。”学生集合准备出发，“不肯听我劝告”，结果，“一到了执政府，子弹就像雨点一样落到他们头上了”。他这样圆滑，大概与身为校长有关。

蒋梦麟是爱国的，他有高尚的民族气节。在日本军队进攻北平时，他因割盲肠未能离开北平，后被日本宪兵叫到日本在东交民巷的驻防军部，审问他为什么要在反对自治运动宣言上签字？又问他是不是日本朋友？又让他到大连与坂垣将军谈话。他都严词回答，并拒绝去大连。

七七事变前后，周作人也不离开北平，郑振铎劝说无效，叶公超劝说无效，周建人的儿子以死相谏，周作人仍不为所动，坚持中国“必败论”，不离开北平，等着日本到来。他总督包括北平在内的日占华北地区的文化教育，又以“和平使者”身份与汪精卫一道前往伪满洲国进行朝访，并曾单独前往日本朝拜裕仁天皇，以表忠心。他曾身着日本戎装，挂少将头衔，挎日本战刀，对日本派赴解放区扫荡部队训话。有人说蒋梦麟给周作人作过伪证，说周作人当时没离开北平，是他指示的，让周留下利用他和日本人的关系来保护北大。我从《西潮》中没有找到这方面的证据，其说所指，不知何处。

抗战胜利后，周作人被收监，但他几经狡辩，在狱时间很短，就被释放。周作人想回北大教书，但北大教授傅斯年等人联合签名，坚决反对汉奸回校任教，周作人对此耿耿于怀。

1986年第4期《文教资料》上发表了一组《关于周作人的一些史料》，其中有王定南口述、沈鹏年记录的《周作人出任伪职的原因》，沈鹏年、杨克林记录整理的《访许宝骙同志的纪要》，说1941年，许宝骙在党的指示下找周作人，周先说恐怕不行，后“听说是共产党方面的意见，便不再坚持”。于是认为“周作人任伪职，是共产党指派，并掩护了许多共产党员”。2004年10月20日《中华读书报》发表了陈福康的《当心文坛谣言的重新泛起》一文，对沈鹏年的虚构进行了批驳。但关于周作人是否为汉奸的问题仍在争论，不时有人提出要给周平反，不知其用意何在。

恶人总是不断地为自己作恶寻找理由。他们乔装打扮，巧言令色，明明是卖国，却说是爱国。汪精卫就是这样。据1939年被中共地下党华北联络局派遣打入汪伪集团的李时雨先生回忆说，他五见汪精卫，曾问汪：“搞和平运动的目的是什么?”汪说：“这次和平运动是救国，关键是解决好中日关系。现在的形势说明中国打不下去，打下去最后只能是国民党垮……中国除了和平，没有别的出路。我主张与日本讲和是给全国做个示范，内则完成中华民国建设，实现国父孙中山之遗愿。”汪还说：“蒋介石也并不要一直打下去，我们也要和他合作。我们和日本订了和平大纲，原则是善邻友好，共同防共，经济提携，中国真正实现和平两年后，日本撤兵。”针对大后方各界在报刊上发表文章骂他卖国一事，汪说："我叫什么卖国，那些地方不是我失掉的，我是失掉个人的历史、名誉，我是抱着我不下地狱谁下地狱的决心从重庆回来，从日本人手里把中国领土拿回来。"拿回来了吗？他没有拿回来！日本吞食中国的野心不变，他们烧杀抢掠，占领我大片河山，哪有撤兵之迹象？汪精卫死在了日本，有言说日本人拿他的身体做了实验。

## 四

辛亥革命前，汪精卫、朱执信、章太炎都追随孙中山，是革命派，与立宪派代表人物康有为、梁启超展开过激烈辩论，他们主张排满，用武力推翻清政府。因此，汪精卫曾进京刺杀过摄政王载沣，未果，被抓入狱，写过"慷慨歌燕市，从容作楚囚，引刀成一快，不负少年头"的诗，表现了一种英雄气概。其诗广为流传，为人所尊崇，但"汉奸"是定论，无法推翻。

当然，汪精卫也未必想把中国卖给日本，但他想用部分国土换取日本人对他的支持，以登上君临天下的第一宝座是不容怀疑的企图。但日本人不这样想，他们就是想吞并中国。

近读曹汝霖《一生之回忆》，发现曹汝霖在九十高龄之时回忆自己的一生，也是极尽巧言以装扮。蒋梦麟说："北京政府的要员中有三位敢犯众怒的亲日分子……这三位亲日分子——交通总长曹汝霖，驻日公使陆宗舆，和另一位要员章宗祥。"

曹汝霖亲日是不争的事实。他曾动员过袁世凯的大儿子袁克定，让袁把老家河南洹上一处地方卖给日本人，遭到袁克定的拒绝。袁克定当时生活已十分窘迫，宁可寄人篱下，也决不与日本人套近，保住了晚节。可曹汝霖不行，他说1919年5月4日那天中午，大总统徐世昌在公府设午宴为驻日公使章宗祥临时请假回国洗尘，他作陪。说："有人告诉我说，外边有谣言，说你们与日本接洽，将倒徐（世昌）拥段（祺瑞），这次章公使（章宗祥）回国，即是商讨进行方法。”我说：“这真是无稽之谈，从何说起，我们从来没有这种思想。”当天，即学生火烧曹府大楼，章宗祥正在他家，躲在地下锅炉房，看情势不妙，从后门跑出，被学生殴打。警察来抓走二三十个学生，他说：“这些盲从的学生不必为难他们，请都释放了吧。”那么学生盲从于谁呢？他认为是林徽因的父亲林长民，而林长民记恨于他，又是因林没当上徐世昌的秘书，疑心他从中作梗，还因为林长民曾向他借三千元钱过年，他没及时送去，送去那天正是新年，这是大忌，林长民发怒没接，认为是他有意触林的霉头。所以林长民抬上棺材演讲，“故意颠倒黑白，无中生有，以蛊惑青年，毁我名誉”。曹汝霖把五四运动起因于他们的卖国行为，轻易地说成是林长民和他的私仇所触发，实在是避重就轻，让人啼笑皆非。他还说：“此事距今四十余年，回想起来，于己于人，亦有好处。虽然于不明不白之中，牺牲了我们三人，却唤起了多数人的爱国心，总算得到代价。”曹汝霖竟然也说“爱国心”，我想不说“爱国”，难抬其身价。

在这里我们不能不说到汪伪政府的另一个人物——胡兰成，他是张爱玲的前夫。据夏志清先生说，张爱玲年轻时非常清高，可一见胡兰成竟深爱不已。她在送胡兰成照片背后写：见了他，她变得很低很低，低到尘埃里，但她心里是欢喜的，从尘埃里开出花来。可她和胡兰成结婚后，胡兰成不断地和别的女人沾手，张爱玲甚至都亲眼看见过，但胡兰成口是心非，说改而终不改，张爱玲只好和他离婚。胡兰成写了《今生今世》，用小说来回顾他和张爱玲的爱情经历，遭张爱玲反感。

胡兰成生活品格低，政治品格更低。他是在汪精卫所办的《南华日报》上发表了《战难，和亦难》的卖国求荣社论后，受到了汪精卫妻陈璧君的赏识，聘为《中华日报》的主笔，开始为汪伪政权服务。后任汪伪政府宣传部常务副部长和法制局长，《大楚报》主笔。他追随汪精卫一直到抗战胜利后逃到日本。可1974年竟然受聘为台湾中国文化书院终身教授，由汉奸一变即成学者，引起了人们的广泛争议。

张爱玲作为李鸿章的曾外孙女，流落在美国，与美国的剧作家赖雅结婚，当时赖雅六十五岁，张爱玲三十六岁。赖雅明知自己早已得了中风病，却没有告诉张爱玲，结果婚后两个月再次中风，给张爱玲以沉重打击，她只好为港台写一些应景笑剧，挣钱为夫治病，却消磨了自己的创作才华。赖雅信仰共产主义，被美国主流文艺派排挤，贫病交加，在张爱玲四十多岁时死去。张爱玲寡居终身，凄凉地死在美国。

人生都能写一本书，我们应该以清白的一生写一本无争议的书，而不要像走狗汉奸，至死还在为自己不光彩的一生争议辩白。当然蒋梦麟清白，张爱玲也清白。

## 五

崇拜知识，不崇拜权力，是许多文人学者的特点。刘文典敢骂蒋介石，但却不骂陈寅恪，不但不骂，而且十分崇拜。

陈寅恪是一位在文人学者中得到广泛怀念的人，特别是得到了许多大学者的崇拜和怀念。他在给王国维写的碑文中所评价的“独立之精神，自由之思想”，不仅是他个人一生所坚持的思想精神，也成了文人学者们所共同追求的精神境界。听说他与蒋经国关系不错，蒋经国曾劝他接近其父蒋介石，以图提拔重用，他写了“食蛤那知天下事，看花愁近最高楼”的诗句予以婉拒。1953年，中国科学院成立后，中央请他到北京，任中科院的哲学社会科学部历史第二所所长，郭沫若写了邀请信，他拒绝了。后来他的学生汪钱去请，被他大骂了一顿。他说，我所追求的就是自由的意志和独立的精神，要叫我思想不自由，不能走自己独立的道路，我毋宁一死。一定要让我去，有两点要求：第一点，历史所允许不讲马列主义；第二点，要叫毛刘两公给我写一证明，允许我这么做。这些资料来自刘梦溪《论国学》一书。我另外还听人讲，陈寅恪同时还提要求不参加政治学习，毛主席知道后说，不参加政治学习倒可以，但不学马列不行。总之，他没有去担任所长。此说还没有更可靠的史料支持，有待考证。

陈寅恪，一读陈寅恪（què），“恪”到底读què，还是读kè，学界曾有争议。黄延复先生在2004年11月15日《中华读书报》上发表了《陈寅恪先生怎样读自己的名字?》一文，进行了考证辨说。他说尽管包括赵元任、王力等“出身”于清华、北大的高层知识分子以及他们的传人都将陈寅恪读为陈寅恪（què），但他根据手头资料，并请教了人民大学教授李光谟先生和陈寅恪先生最亲密的学生蒋天枢，他们回信都认为应读陈寅恪（kè），què是湖南地方读音。这场“公案”似乎了结，但现在我还是听有人读陈寅恪（què）。

陈寅恪，祖父陈宝箴，“少负志节，诗文皆有法度”。（钱文忠语）深受曾国藩、郭嵩焘、席宝田、翁同龢等人器重，屡建奇功。1895年任湖南巡抚，在湖南力行新政，办时务学堂，引进梁启超、谭嗣同讲学。变法失败后，被革职回老家（江西修水）隐居。1900年慈禧下旨令陈宝箴自杀。

有史料记载，陈宝箴应礼部试，析梦神祠，夜梦随李朔入上蔡，立马指挥，意气闲骏，醒后大喜，下第归舍，就到了上蔡，遇大风雪，住在旅馆，数日大雪不停，粮资尽净，典卖了衣物和马才得以南还。后回想被神戏弄，不复谈兵。不复谈兵是假，他一生都在谈兵运兵。

陈寅恪父亲陈三立，自号散原，著名诗人，曾任吏部主事，协助父亲陈宝箴在湖南推行新政，革职后陪父亲隐居。后思想趋于保守，尤其反对武昌起义。1932年1月，陈三立心系淞沪抗战，“一夕忽梦中狂呼杀日本人，全家惊醒。”（《陈三立传略》）1937年8月8日，日军入北平，曾想拉拢陈三立，多次上门威胁利诱，被他拒绝，后病发，拒不服药，于旧历八月初十去世，时年八十五岁。

陈寅恪弟兄五人。老大陈衡恪，著名画家、篆刻家、美术教育家。刻印"笔画雄杰，平视缶庐"，曾集姜白石《扬州慢》"波心荡冷月无声"与《琵琶仙》"春渐远汀洲自绿"为对，令人叫绝。可惜只活了三十多岁。陈衡恪是陈三立前妻罗夫人所生。陈三立后续娶俞夫人生陈隆恪，专政财商，也长于诗；陈寅恪，学术文化热点人物；陈方恪，陈氏兄弟中唯一未出洋留学者，特长为目录学；陈登恪，留法学者，著《留西外史》，法国文学研究专家。

陈三立续娶俞氏，即俞明诗，原籍浙江山阴，其兄俞明颐生子俞大维，即后来的国民政府兵工署署长、交通部长、国防部长。俞大维又娶陈三立次女陈新午，俞大维和陈寅恪，既是表兄弟关系又是妹夫妻哥关系。俞大维在留德期间曾与一位德国女钢琴教师生一子，叫俞扬和，因钢琴教师父母拒绝他们成婚，俞扬和成了私生子，经陈寅恪建议俞扬和由他姑姑收养。俞扬和早年参加空军第五大队，赴美接受过空军飞行训练，1944年回国参加抗战，最后一次空战中被敌机击落，跳伞受伤，移居美国。1960年俞扬和又与蒋经国与蒋方良之女蒋孝章结婚，成为蒋经国的乘龙快婿。

俞大维妹妹叫俞大，是著名化学家曾昭抡的妻子。曾昭抡又成了陈寅恪的表妹夫。

俞大维的母亲曾广珊是曾国藩的孙女，曾昭抡的父亲曾广祚是曾国藩弟弟曾国潢的孙子，所以俞大维是曾昭抡的亲妻哥、堂表兄。

其实，俞大维从小就生活在湖南，这样湖南的曾家和俞家就把江西陈家中的陈寅恪（kè），按湖南方音读为陈寅恪（què），以致赵元任、王力等人及其传人也就跟着读为què了。

## 六

俞大维十八岁上复旦公学，曾跟我国现代法学大师王宠惠学逻辑，到哈佛仍学哲学和逻辑学，所以他应该是我国数理逻辑的前辈。后攻兵工学，成为民国政府的兵工署署长、国防部长，又和蒋经国成了儿女亲家。陈寅恪与蒋经国是否因此而关系亲密，没有确切证据。

曾昭抡，麻省理工学院科学博士，我国化学研究工作开拓者之一，解放初曾任高教部副部长。曾昭抡在西南联大教书享誉很高，但不修边幅，衣衫褴褛，因此曾被中央大学校长朱家骅在一次会上误认成打杂工呵斥出去，第二天朱家骅就收到了曾昭抡的辞职书。曾昭抡善于分析国际形势，他推断当时欧洲战场盟军登陆地点和时间，后证明登陆时间和曾教授推断仅差两天，地点则完全相合。他曾把电线杆误认成自己的同事，对着电线杆滔滔不绝地讲他的新发现。他曾穿着露指头的鞋给学生讲课，又曾穿着带泥巴的长袍和大学者坐在一起开会。因为邋遢和妻子俞大关系颇为紧张。1957年受到不公正待遇，降级下放武汉大学，这时已身患癌症，但仍努力工作，于1967年12月8日离开人世。他的妻子于1966年8月24日，被造反派抄家殴打侮辱后，在家自杀身亡。他的妹妹曾昭燏，考古专家，曾任南京博物院院长，新中国成立前，坚决反对将出土文物运往台湾。可惜在各种政治运动高压下，患精神抑郁症，于1964年12月22日从南京郊外灵谷寺灵谷塔跳下身亡。

曾国藩在《挺经》中说："相传老子临终前，张开嘴巴问弟子：'我的牙齿怎么样？'弟子答：'全掉了。'老子又问：'我的舌头怎么样？'弟子答：'好好的，完整无缺。'老子说：'你们要懂得，牙齿是硬的，而且老是硬碰硬，所以不能持久，全掉了。舌头是软的，所以终得以保全。'由此我悟出，自古以来，政治家都在奉行'挺经'，或为硬挺，或为软挺，而软挺比硬挺更重要、更奏效。"

曾国藩后人如此这般惨死，不知是软挺所致，还是硬挺所致？挺经不经，由此可知。

陈寅恪在西南联大教书时，双目失明了。据岳南先生著《陈寅恪与傅斯年》一书讲，当时陈寅恪生活十分窘迫，“日食万钱难下箸，月支双俸尚忧贫”。主要是妻子唐筼患心脏病，幼女美延患肺病，此时陈寅恪因长期高度近视，加上营养不良，眼力一日不如一日。大概是在1944年12月12日早晨起床后，陈寅恪感到眼前一片漆黑，14日住院经检查，左眼视网膜剥离，立即施行手术，结果术后效果极差。

抗战胜利后，陈寅恪再次应聘去牛津大学任教，并到伦敦治疗眼病，开刀治疗后，不仅没效果，而且诊断失明已成定局。陈寅恪非常失望，辞去聘约，于1949年回国，先在岭南大学任教，后岭南大学与中山大学合并，他又到中山大学任教终身。

陈寅恪眼睛失明后，专心治学，不谈政治，不论时事，不臧否人物，不接见任何外国客人，但与吴宓保持着最密切的联系。

吴宓是陈寅恪先生的挚友，他们相识于哈佛求学时，与汤用彤并称为“哈佛三杰”。1925年，吴宓学成回国，应聘到清华筹建国学研究院，并任院长。他力荐陈寅恪到清华任教，认为陈寅恪是“全国最博学之人”。1926年6月陈寅恪回国到清华，与梁启超、王国维一同应职为国学研究院导师，并称为“清华三巨头”。后吴宓离开研究院，给陈寅恪写诗：“经年瀛海盼音尘，握手犹思异国春。独步羡君成绝句，低头愧我逐庸人。冲天逸鹤依云表，堕溷残英怨水滨。灿灿池荷开正好，名园合与寄吟身。”抗战时，他们一同在西南联大教书，陈寅恪有眼疾，一直得到吴宓的亲切关照。解放后，吴宓在重庆西南师范任教授。1961年他专程到广州晋谒陈寅恪先生，相处多日，谈诗论学，情深谊厚。临别，陈寅恪写四首七言绝句《题吴雨僧》，其中两句是：“暮年一晤非容易，应作生离死别看。”果然这是他们最后一聚，陈寅恪在“文革”中多次遭抄家欺辱后，于1969年10月7日在广州去世。

原载《朔方》2011年第7期

# 《弟子规》阅读笔记

郭文斌

我以前讲过，现代社会，不少人已经丧失了回到本位和现场的能力。

那么，如何才能回到本位和现场？答案是回到“性”。

性，我非常赞赏这个字的会意，“生”“心”为性，能使心生的那个东西，就是性。《广雅》释性，质也。《中庸》云，天命之谓性。《荀子》云，不可学，不可事，而在人者谓之性。又云，生之所以然者谓之性。《论语》云，性相近也，习相远也。

性，简单地说，就是能够生心的本体，它有些类似于道家讲的“元”，是能让种子发芽的那个，能让花朵盛开的那个，通俗地讲，就是根，就是安详。

《弟子规》无疑是一种性的教育。

现代人为什么不安详？为什么这么心浮气躁？就是因为现代人已经找不到性。性是一个钱币，它的另一面是纯粹的快乐，不需要再寻找别的快乐，它就是全部，时时刻刻，都是快乐。

安详是没有条件的快乐。如果一个快乐还有条件，那就不是安详。如果一个快乐是从对象物而来，那就不是安详。就像母爱，那是没有条件的，它是一种性。因此，要想找到安详，就要首先找到性，同样，要想找到性，就要首先找到安详。

妻子是别人的漂亮，儿女是自己的可爱。有一天，发现这句平常的话里藏着不平常的道理。儿女的可爱是因为我们对儿女的爱是无条件的，血缘的。而我们当初选择丈夫和妻子却是有条件的。儿女是无法选择的，他是一个赏赐、一个祝福。而妻子和丈夫本身就是选择的结果。由此想来，爱来自赏赐，来自祝福，它是没有缘由的，也是说不明道不白的，它是一个秘密。这个秘密，就是性。

每次打开水龙头，看到水，打开窗子，看到阳光，我都会激动不已。突然一天，领会了一个词："天工"。造化创造了这么美妙的东西供我们使用，到底是为了什么？还有文字，他把文字交给人类，又是为了什么？没有缘由。同样，爱也是造化之"天工"，也是没有缘由的，如果一个情感它还有缘由，那就不是爱。而性，则是爱的根。

为了进行解剖实验，某医学院的一个外科班从市场上进了十条狗，其中九条很快完成了麻醉，却有一条怎么也麻不倒。这些师生就把它强行绑在手术台上，当手术刀从这条狗的腹部拉过的时候，大家都惊呆了。怎么回事呢？这条狗正在怀着它的孩子。伟大的母爱居然使强大的现代文明在它面前失去了效应。汶川地震的时候，有一个妈妈被搜救了出来，她的腰呈弓形，弓的下面是她的孩子，旁边有一个手机，上面有一句话：孩子，如果你能够活着回去，你一定要相信，妈妈爱你。还有一个母亲被搜救出来的时候，人们发现她的十个手指头都不在了，最后人们从她身边的孩子嘴里发现了一个小拇指。怎么回事呢？废墟下面没有水，这位母亲就把她的十指分别咬断，给孩子喂她的血，这就是母亲。

有人说，上帝忙不过来，所以创造了母亲。这句话真是太棒了。她是一种性，天性，父亲也是一样。

客观地讲，现代社会在一定程度上稀释了这种来自天性的大爱。比如，不少孩子放学回家后，家里没人，桌子上有一张字条，下面是十块钱，上面写着一句话，宝贝，晚饭自己出去解决。孩子拿着这十块钱去了哪儿？网吧。如果父母不归是因为单位忙，或者是出差，那么儿女会很感动，赶快吃完饭，回家好好学习，爸爸妈妈多辛苦，现在还在工作，还在报效祖国。但是如果孩子知道父母是去了摇吧、冰吧、茶吧、酒吧、歌吧，他会恨，你们都在外面逍遥，我也逍遥一次。问题就出现了。这个字条说明了什么问题？说明现在有许多父亲没有做到慈，母亲没有做到爱，说穿了是没有责任感，他们没有想着这一刻我应该回家，陪着孩子，所以现在问题青年越来越多，根就在这儿。孩子回到家里，体会不到一种温暖，冷冰冰的。他从小就没有感受到过温暖，将来走向社会，怎么能够给别人温暖？

不要让孩子放学面对空巢、面对冰冷，这既是责任，也是教育本身。毁掉一栋楼，它只是一栋楼，但是一个孩子的心灵被毁掉，等同于世界被毁掉了，因为它是性。

## 从哪里来

人从哪里来，到哪里去？这是几千年来人们一直讨论的话题。在我看来，人就是从这个性中来。你看，生心，不断地生着我们的心，就是性。“问渠哪得清如许，为有源头活水来”。它既然是人的来处，那也就意味着它还是你的生命力、免疫力。当你找到它以后，你随之快乐，随之健康，随之美丽，这才是“绘事后素”的真实意义。即一即亿，什么意思呢？就是你找到了这个“一”，你就找到了千万亿中的那个“亿”，它是根中之根，它也是成功的前提，或者说它本身就是成功。

六祖慧能觉悟之后讲了一段话："何其自性，本自清净；何其自性，本不生灭；何其自性，本自具足；何其自性，本不动摇；何其自性，能生万法。"什么意思呢？我的理解是，如果我们找到了自性，那么全世界的人都是圣人，没有差别。我们的差别是什么呢？自性的迷失。

就像一个工厂生产了一批玻璃杯，刚出厂的时候，玻璃杯是一模一样的，但是到了用户手中，成为千差万别。什么原因呢？被污染了。刚吃完饭的碗，马上把它冲掉很容易，但是放一晚上，就要动用工具了；放上一天，就要动用大工具了；放上一年，擦不掉了。所以，神秀说"身是菩提树，心如明镜台。时时勤拂拭，莫使染尘埃"。就是说我们的身体如同一棵菩提树，心就像一个明镜台，要天天擦。《朱子家训》上讲"黎明即起，洒扫庭除，要内外整洁。既昏便息，关锁门户，必亲自检点"。早晨起来第一件事干吗？洒扫庭除，这个庭除，更重要的是指我们心中的那个庭除。如何去打扫？背诵《弟子规》，按《弟子规》的教导去做。

当年因为有慧能说"菩提本无树，明镜亦非台，本来无一物，何处染尘埃"。觉得神秀不高明。但是当你真正落实《弟子规》，真正践行传统文化，你就会发现，对于我们普通人来讲，神秀已经非常厉害了。而且，对于更多的人来说，可能神秀更适合。我们的这个镜子，需要天天擦，一天不擦，就会被灰尘蒙蔽，何况这本身就是一个灰尘的时代。所以古人讲，我们一天都不可以离开经典，不然我们这个心灵就被蒙蔽了。

从这个意义上来讲，慧能和神秀，他们事实上是两个不同的方法论。慧能适合那些特别聪明的人，这些人他不需要背《弟子规》，就像曾参，他生下来就是孝子。他上山打柴，有一个朋友来访，母亲等不住，就发了一个信号。这时，在山上打柴的曾参突然觉得心里一疼，哎呀，母亲出事了，跑回家一看，朋友来了。那时候没手机啊，母亲把儿子叫回来用的什么办法？咬一下手指头，儿子就回来了。手指成了母亲的手机，心脏成了儿子的手机。母子连心，大孝子啊。因此，他不需要背《弟子规》，慧能适合于这种人，大孝，大聪明人。而对于更多的人，神秀更适合，需要我们把自己看成菩提树，把心看成明镜台，时时勤拂拭，莫使染尘埃。

除尘不是一件简单的事。就拿家庭战争来说，如果我们随时都能把灰尘扫掉，就会享受宁静。更多的时候，是因为对方的一句话说得不好听，你还他更不好听的一句，对方当然要加码回击。战争就这样一步步升级了。最后极有可能酿成苦酒。

你本事大把我杀了！
你以为我不敢？
你是你爹的儿就操刀吧！
你真以为我不敢？
你是你娘养的你就动手吧！

那个刀就过去了。

这个过程，就是灰尘接管我们心灵的过程，掌控我们心灵的过程。

因此，每当这个时候，就要在心中默念，“身是菩提树，心如明镜台。时时勤拂拭，莫使染尘埃”。这时，坏事就变成好事，干戈就化为玉帛，烦恼就化为菩提。

王阳明讲的“不离日用常行内，直造先天未画前”，即指这个功夫。

如果有一天当你的杯子擦得跟出厂时一样，就是自性显现的时刻，也是真快乐涌现的时刻。自性是正面，快乐是背面，它们一体两面。那个背面，同时还是财富、成功、高雅、美丽。为什么呢？“本自具足”。就是说你本来就是成功的，你本来就是富翁，你本来就是美女，求什么呀？

“本不生灭”告诉我们，我们没必要为死亡恐惧，不需要为健康焦虑。有人统计，2009年，光养生学的书就出了三千多种，而且卖得非常好，什么原因呢？健康焦虑，极度的健康焦虑。健康焦虑怎么发生的？自己不健康，周边的人不健康，今天朋友猝死，明天亲戚暴亡，后天同学查出肝癌，等等，怎不让人焦虑？

但是，当我们略略懂得一些“本自”的常识，我们就再也不会花那么多钱花那么多时间去读那些养生保健读物了，我们就会把买这些书的钱拿出来捐给灾区。为什么呢？它“本自清净，本不生灭，本自具足，本不动摇”。“本不动摇”，就是说疾病它拿你没办法，烦恼它拿你没办法，我就这么快乐，我就这么健康，我就这么幸福，谁要拿去一点点，不可能。只能是我传染给你，你无法剥夺我，不可能，因为它是“本自”。

问题的关键是我们要首先回到“本自”。

它除了“本自清净，本不生灭，本自具足，本不动摇”，还“能生万法”。是说这个自性，只要我们找到它，它就能生出各种各样的东西，我们就会尝到从前人生数十倍的快乐。

当然这个“能生万法”还指更深奥的意义，如果找到了自性，按照古人理解，我们每个人都是这个世界的源头啊，这个理确太深了。如果我们没有接触过全息理论，没有接触过弦理论，真难以理解。当我们对全息理论有一点点理解的时候，你就会发现，你就是我，我就是你，你就是世界，世界就是你。

## 到哪里去

知识和智慧是两回事。我们都知道，六祖并不识字，但是他说出来的话，却被称为经，即《六祖坛经》。而我们现在的教育，一味地填鸭，填呀，填，但是最后关于智慧的这一块，关于性的这一块，全被扫出课堂，真是舍本求末，太可悲了。

如果我们真能从这一块入手，就会明白《弟子规》里面有几句非常经典的话，“勿践阈，勿跛倚；勿箕踞，勿摇髀”，“缓揭帘，勿有声；宽转弯，勿触棱”，一个人只有找到性，自性，这些毛病才能真正避免。践阈、跛倚、箕踞、摇髀、揭帘有声、转弯触棱，都是因为没有找到自性。

再看“执虚器，如执盈；入虚室，如有人”，它有更深的奥义。你看，端着一个空杯就像端着一个满杯，进了一个空屋就像进了一个坐满了人的屋子。这两句是《弟子规》精华的精华，灵魂的灵魂。我提醒大家注意一件事情，平时到餐厅里面去吃饭，或者到茶楼去喝茶，稍微留心一下周边，你就会听到一种叮叮咣咣的声音，那是服务员在上菜。但是如果我们去过韩国，去同样的地方，你会发现没有这种声音。我没有考证过韩国是否在推广《弟子规》，但有一点是肯定的，那就是他们在用《弟子规》的精神，至少在餐厅是这样，在茶楼是这样。

可能有人会认为我小题大做，不就是一个叮叮咣咣的声音嘛，其实不然，因为它跟我们的幸福和快乐息息相关。“执虚器，如执盈”。端着一个杯子，放在桌子上一点声音都没有，意味着什么？意味着你这一刻在当家做主，否则你不在家。小偷之所以光顾你，是因为他发现你那个屋子已经黑了好长时间了。《黄帝内经》上讲，“正气内存，邪不可干”。但更多的时候，我们都不在家。不是耸人听闻。有一次我跟儿子做试验，我让他把一筷子菜夹起来，送到嘴里面，观察这个过程有多少个小偷光顾过。他统计了二十多个。其实更多。古人讲，弹指之间，会有一千二百八十万亿个小偷光顾过，这意味着什么？意味着我们不在现场，不在性中，我们被隔断了，和性断开，和整体断开，和喜悦断开，和幸福快乐断开。

为此，我们就会明白，古人教学，为什么要先教定性，让你头顶一杯水，站三四个小时，就是让你回到现场。一个人假如回不到现场，他做什么都成功不了。有不少老师给我讲，现在的学生屁股上都安着滑轮，一堂课不知道要变换多少个坐姿，就是这一块缺了课。我们可以想象，一个连四五十分钟都无法安处的学生，他将来到办公室，怎么会安心工作？将来到实验室，怎么会安心科研？将来到讲台，怎么会安心讲课？将来到工厂，怎么会安心做工？

这时，我们就知道为什么“墨磨偏，心不端；字不敬，心先病”。古人认为，内在世界跟外在世界是一个对应。所以对衣服，它要求我们“勿乱顿”，要放好放整齐，是有道理的。如果孩子回家后把衣服随便一扔，书本随便一扔，最后他的内心也是一片狼藉，因为内外是一个对应，一个相应。“勿践阈，勿跛倚，勿箕踞，勿摇髀”，也是非常有道理的，它是通过外在的形式来训练你内心的一种端庄。“步从容，立端正，揖深圆，拜恭敬”，也是同样的道理，只有我们把每一个外在动作做到位，你的内心和你的外在就会形成一个对应，这样的人生就会是圆满的人生。浮皮潦草、敷衍的结果是，最后你的内心也会是浮皮潦草、敷衍。

报应这个词，就是由此而来。报应本质上也是一个相应，一个人心中是善，世界跟他以善相应，一个人心中是恶，世界跟他以恶相应，这就是“命由我作、福自己求”的道理。

北京有个叫李承臻的企业家讲道，他当年在饭店剁鸡爪子，后来自己把自己的手指剁掉；接着炸鱼，后来把自己的脚炸掉；再后来杀狗吃活肝，紧接着自己得丙肝。如果我们不明白相应的道理，我们也许会觉得这是巧合，其实这是一个相应，因为一个长期从事“剁”的人，久而久之，他的意识就会形成一个“剁”的固式，这个固式会笼罩并引导他的身心完成一个个对应，这个对应就是传统讲的报应。

当年有人问孔子，说你的学生里面谁最好学，孔子说，“有颜回者好学，不迁怒，不贰过。”当时觉得这句话太平常，但是随着实践传统文化，越来越觉得奥妙无穷。

作为一个人，一个普通人，真是无法做到“不迁怒”的。

那么人在什么情况下会生气？大家肯定会说是不顺心的时候。最根本的原因，人之所以会生气是因为有自我在，是自我被冲撞了。庄子讲，如果你乘舟到海上去航行，撞着一个有人的船，你会很生气，你会质问对方，眼睛瞎了吗？假如撞到一个空船上，你不会生气，哈哈，没事的。说明什么？只要那个船上有人你就会生气。

反过来，人在什么样的情况下才会不生气呢？没有自我的时候。

夫子说：“吾十有五而志于学，三十而立，四十而不惑，五十而知天命，六十而耳顺”，“耳顺”意味着什么？无我。

那么如何才能达到无我境界？按《弟子规》去做。一事当前，先替他人着想。时间久了，“我”就会淡化，“无我”就会显现。就像海潮退去，沙滩会自动显现，乌云散去，天空会自动出现。

这就要我们在平时的生活和工作中学会转身、转念。

这“二转”，说起来容易，做起来很难。因为生命的惯性从来都是朝着“我”的，何况在这个大家想着法子加强“我”的时代。

为此，祖先给他的后代研发了许多方法。显然，神秀的方式可能更适合现代人，棒喝的方式也不错。学生每次问老师，老师都先给你一棒子，让你天天接受，终有一天很大的棒喝到来的时候，你就会觉得很平常，生个什么气啊。

因此，生气的时候，恰恰是我们发现自性的好机会。每当生气，我们都要立即抓住它，然后看这个生气的背面是什么，背后是什么，时间一长，那个气就不来了。就像一个小偷，一旦知道主人已经提防他，他就不会光顾了。

为此，生气不是坏事，关键是看我们拿它做什么。

颜回能够“不贰过”，他是如何做到的呢？他是怎样用功的呢？肯定还是回到“本自”。因为只有回到“本自”，才能“本不动摇”。也就是我们常讲的“当家做主”。本自的状态就是“当家做主”。这个时候主人是在家的，只有主人时时刻刻在家里面，他才能避免不犯错误。犯错误意味着主人不在家，小偷进来了。小偷一直在寻机，主人离开时，就是小偷动手时。就是说，我们要跟踪自己的心意达到一种不间断的程度，这就是功夫。

而要跟踪心意，就要我们识得一个个念头，古人把它叫惑。当一个人能够意识到自己的念头，已是不易。一个人能够做到断念那就是圣人了。对于常人来讲，这显然是一件几乎不可能办到的事情。要把念头断掉，就要把世事断掉，因为念头是世事的投像。可是一个人要把世事断掉可能吗？就算你把工作辞掉，隐迹山林，但你还得吃穿住行。冷了怎么办？饿了怎么办？遇冷求暖，遇饥求饱，这是不是念头？

于是古人开出一个药方，那就是伏住杂念。就是说，当念头到来，更为准确些说是当杂念到来，不必要的念头到来，我们能够降伏它。

我不喜欢降伏这个词，应该是看破它。当我们识破世俗的爱是一个假有，我们就不会为它而起心动念；当我们识破世俗的财富是一个假有，我们就不会为它而殚精竭虑；当我们识破世俗的名望是当我们真正明白了什么是“虚情假意”，当情意绵绵时，我们的心里就会升起一个幽默，嘿嘿，虚情，嘿嘿，假意。

一个虚，一个假，道尽了世俗真相。

见得多，肯定“惑”会多。这些惑，存在心里久了，古人把它视为

“尘沙”，真是好。烦恼即惑，即念头组。当一个人的心里连念头都没有了，当然就没有念头组。没有了念头组，当然就没有烦恼。

因此，从另一个角度来看，断惑的程度，就是幸福的程度、快乐的程度。

从这个意义上来讲，我们就会知道“执虚器，如执盈；入虚室，如有人”是多么重要。“本自”的密钥，性的密钥，安详的密钥，就在这里。

但是很可惜，多少年来，我们却一直让它沉睡。

如果说“执虚器，如执盈”，讲的是对自己的严谨，那么“入虚室，如有人”，既是对自己的严谨，也是对环境的严谨。如果世界上的每一个人，待在屋子里面都不做坏事，天下还需要警察吗？所以这两句话是《弟子规》精髓中的精髓。

除此之外，李毓秀先生还给我们设计了许多回到自性的方法。“对饮食，勿拣择。”饭菜到你面前的时候不要挑拣，不要分别，带着感恩和敬畏，全然地接受。“与宜多，取宜少。”是教我们不吝啬、不自私、不贪占。“事诸父，如事父；事诸兄，如事兄。”“凡是人，皆须爱；天同覆，地同载。”是让我们从小我，走向大我，最终回到自性之海、安详之海。

一个人是不是跳出小我，到达大我，《弟子规》给我们不少参照，比如“勿谄富，勿骄贫；勿厌故，勿喜新”。真幸福，零成本，它在内，不在外。既然不在外，那么就不在贫富和新旧之中。贫富和新旧本身是分别和执着，分别和执着破坏“性”，因为当一个人真正能够回到“性”，他就会发现贫富和新旧都是假象。

由此可知，自性就是尊严，也就是“独立自主”。

只有“独立自主”，才有尊严可言。当一个人不能“独立”，不能

“自主”，时时嚷着向娘要奶喝，就没有尊严可言。而要真正“独立自主”，就必须学会向内。因为人本身就是一个宇宙的缩影，他是全息的。既然他是全息的，那就意味着他是自足的，什么都不缺的。既然什么都不缺，那么我们还有必要因为他求而奴颜婢膝吗？

向外求永远无法实现尊严地活着，因为有求就得卑躬屈膝。

而且“外”无止境，则“求”无止境，尊严就永无实现之日。

老祖先教育子女，“勿营华屋，勿谋良田”，就是看到，如果一个人把营华屋、谋良田作为奋斗目标，那他一生都无法找到幸福。那在哪儿寻找幸福呢？“本自”。

古人在开发生命本身中寻求幸福，今人在开发地球中寻求幸福，这是两个天大的差异。

引导人们向内寻找幸福，是《弟子规》的功能之一。

## 点亮心灯

近年来，国家倡导恢复传统节日，非常英明。因为差不多所有的传统节日，都有唤醒自性的功能。火在点燃的时刻，打火机刚打着的那一刹那，如果我们有足够的细心，就会发现那一刻，你的心中是没有杂念的，这也就是为什么几乎所有的传统节日都有香火出现的原因。

在民间，一些地方还保留着一种很古老的元宵节仪式，点明心灯。

小院里，月光融融，一家人围着一个小供桌，把一盏盏荞面灯从梦中唤醒。

在没点燃之前，灯是睡着的，随着种灯走过，就有一束火焰从梦中伸着懒腰，打着哈欠，睡眼惺忪地醒来。在那个过程中，你的心灵进入天然，进入纯粹，成为一盏灯。这时，火不再是一种状态，而是一个生命，一种精神。那一刻，你会觉得它是活着的，有生命的，呼吸的。

点灯之后是守灯，守灯之后是落灯。

守灯时分，家长会有一个要求，绝对沉默，不能说话，不能想事。那么干吗？静静地守着灯头，看灯捻上的灯花是如何结起来的，如何盛开的。

那是一种神如止水的境界，你的心和眼前的灯合二为一，一种纯粹的幸福汪洋开来。

事实上，在当时，你的心中就连幸福这个概念都没有，那是一个近乎纯粹的“忘”的境界，正大、光明。它来自当下，来自无数的“这一刻”。

这，就是明心灯。

元宵节的灯必须要用荞面做，当我知道荞面有活血降火的功能的时候，心里就生出一个赞叹，古人真是太聪明了，他们居然早就知道荞麦可以让人的血液静下来。古人认为只有你的血液先静下来，你的气才能静下来，只有当你的气静下来，你的心才能静下来，而心静下来就是健康，就是安详，就是幸福。

到最后你会看到灯捻上确实会有一个花蕾，非常神妙，黑色的花蕾，老家把它叫灯花。又是一个赞叹，灯花，灯就是花，花就是灯。这时，你才理解古人为什么要燃灯敬佛，因为这时候灯已变成一种花，一个生命，一种植物；你就会明白为什么古人要设计点明心灯这样的仪式，它无疑是祖先精心设计的，它是一条回家的路。而现在城里的花灯和灯会，已经变成了一种气氛的营造，一种竞技，一种规模性的文化活动，就是说它原来的那种心灵学的、原始的、点明心灯的意义丧失了。

古人把腊月初八作为大年的开始，把正月十五点明心灯作为大年的结束，具有非常强烈的象征意义。腊八演绎的是“难得糊涂”，是让人们从生活中回来，回到当下，享受生命，进入时间，而点明心灯是让你带着一种智慧，一种光明，一种明明白白的、当下的、现场的、天人合一的状态去生活。

因此，中国古人是最能教他的孩子在当下去享受生活的。

点灯，这个再平常不过的事情，却成了值得我们深究，需要我们从哲学层面、心学层面好好探寻的事情。可见古人对他的子孙后代是如何慈悲、如何爱护，他把我们的心灵叫作心灯，他以灯喻心，你就会明白心灯这个词，它事实上包含了对人的一种巨大关怀。

一团荞面，做成小茶盅形状，上面有个核桃大的小碗儿，可盛一勺油，其中有一个捻子，就能变成一个灯。如果没有人去点燃它，它就永远沉睡，但当有一个种灯走过，它就变成了一个活性的生命体。这时候你就会想，如果人是一盏灯，那么又是谁点燃的呢？你就不能不进入一种敬畏，思索宇宙的奥秘、生命的奥秘。

它会把你带到原点，那个原点就是老家。

小偷之所以光顾你的家，是因为你的家里灭着灯，没有灯光。如果你的屋子里是亮着灯的，小偷是不敢光顾的。

这，也许就是点明心灯的意义所在。

所以元宵节，在我理解它其实是古人的一种精神象征。古人常说元气、元精、元阳、元神，都不离一个“元”，其实“元”，就是源头原点。道家视“元”为创造宇宙的第一位神，太乙神，也叫元始天尊。由此可知，元宵的“元”它其实已经是一个暗示了。说明灯和元有关，心和元有关。我们再看汉朝的年号，建元、元光、元朔、元狩、元鼎、元封、后元，等等，都有一个“元”，同样是一个期许。

当我们明白了灯的意义后，感恩自然在心里发生。因为你要追想是谁点亮了我们的第一盏灯，又是谁不断地给我们灯中添油。因此，元宵节它最后会启发你去思考宇宙和生命的第一推动力，思考最初的那一盏灯是从哪里来的，谁点燃的，那才是真正的“种灯”。

讲一段小时候的经历。那时候家里很穷，元宵节只能给灯碗里添一次油，但是看着灯碗里的油快没了，感觉着灯就要咽气的时候，马上就要蔫下去的时候，我就急得扑过去抢油碗给灯添油，不想却被父亲抓住。父亲说，天下没有不散的筵席。我说见死不救非君子！父亲说天下没有不灭的灯。我说见死不救非君子！在小时的我看来，灯其实就是一个生命，一个人对生命的珍惜和珍重，就从这里生发了。它还让你明白，既然有灯，就有灯灭，正因为灯总归要灭，我们就要更加珍惜，敬畏就从这里生发了。同时，忧伤也从这里生发了。而惋惜和忧伤又反过来促使你善待生命，善待缘分，从而更加珍重亮着的灯。

因此古人教孩子点灯其实就是教孩子学会尊敬，学会感恩，学会珍惜，学会守护。

“十万人家火烛光，门门开处见红妆。”“游人多昼日，明月让灯光。”这是唐朝的灯节，也是唐人的幸福。

另外，如果我们懂得了灯节的精神，还可以教孩子在生活中的任何一种场景体会到灯。比如说在点燃煤气灶的一刹那，在打火机“啪”的一下燃起来的一刹那，等等。

这时，我们就会明白，《弟子规》所讲的113件事，也是113盏灯。我们用心生活，用心工作，用心待人，就是一种灯的状态。因为古人理解我们的心本来就是一盏灯，所以叫心灯。而如果你把心理解成一盏灯，那么这一盏灯其实是伴随我们一生的，它不单单是正月十五在亮着，它是日日夜夜时时刻刻都在亮着，如果一刻不亮，那就有麻烦了。所以古人启发我们，每时每刻都要守护心灯。这就是古人讲的善护念，其实就是护灯，就是不要叫狂风吹灭了我们心中的那一盏明灯，只要这一盏灯亮着，小偷就进不来，强盗就进不来。只要这一盏灯亮着，那么凡是发生于黑暗中的一切错误就会避免。

由此，我们的脑海里就会出现一条长长的传灯之路。

## 明月是一个手势

我们再看汤圆的制作过程。先有一个核，然后把这个核放在糯米粉上，用箩不断地摇摆，让核不停地去粘糯米粉，到一定程度，洒水再粘，如此反复，最后的成果就是汤圆。我觉得这个过程它更是一个象征，象征道家对宇宙形成的理解。古人为什么把这样一种食品叫汤圆？我觉得它同样是暗喻“元”。这个过程跟太乙神的诞辰直接促成了元宵节的被法定，被约定俗成，有着一种逻辑上的关系。“元”是意义，“圆”是形态。元者，第一也；圆者，圆满也。元用圆来演义，即宇宙初开的意象，太极图。这个“元”，显然是太极的文字符号。所以它可以互相借指。可见元宵节的食品不单单是食品，它本身和节日有一定的互指性。

这个汤圆我们还可以把它看成大地上的一个又一个月亮，就像无数的月亮仔儿一样，它是一个一个摆在你面前的月亮。

它是满月的一种象征，明月的一种象征。

而真正的明月在民间。如果你有幸在一个万籁俱寂的乡村欣赏过月亮，跟月亮有过神交，体会过那个伸手能触的月亮，有过那个体验，那么你再回到城市，看到城里的月亮，你就会想到，月亮呀，你怎么会沦落到这种地步，显得这么尴尬。

现在你要和明月进行一次神交，只能在乡间。每一次回到老家后，只要有明月，晚上我都会一个人到山头上去。想想看，你一伸手，月亮就在你的手心里。这时你就会想，什么叫自然，什么叫万籁俱寂，什么叫手可摘星辰，什么叫真正的宁静。

同样，民间的点明心灯，摇汤圆，有点像这时候的清和静。

世界上还有比这更棒的意象组合吗？天上一轮明月，地上一桌明灯。它是明月唤灯火，而不是“明月让灯火”。

由此可知，古人是活在一种如何的诗意当中。

现代性在消灭传统的过程中也消灭了这种大美，也把人带离了家园。

你看那个暖气片呀，地热呀，它可能给你提供了很多方便和舒适，但是你感觉它是冰冷的，而小时候记忆中的那个红泥小火炉，它可能提供不了像暖气片这样的热量，但当你看着那一束火苗的时候，你觉得心里是温暖的。

无疑，一个人心中有这样一团火苗，有这样一个月夜，你就会发现你十分富有，你走到哪儿哪儿都有一盏灯在照耀着你，你就觉得不再贫穷。不管在任何地方任何时候，你都会觉得生命是富足的，活跃的，灿烂的。

因为它会不时提醒你回到本性，因为那是安详和幸福的源头所在。

一个人有了“点灯时分”的经历，体会过“明月灯火”的意境，他就会懂得什么是“虚室”，如何才是“入虚室，如有人”，他就会把整个宇宙视为一个“虚室”。反之，一个人只有接受过“执虚器，如执盈。入虚室，如有人”的训练，他才会真正进入涵养我们“本自”的太虚之境，看到别人看不到的心灵明月和灯火。

原载《小花》2011年第5期

# 我在沈从文的长河中

唐朝晖

每个月都会有那么几天感觉到自己没有着落，漂着，浮着，也不是有什么悲伤的事情，更不是那种矫情的忧郁，就是无所事事，而，同时，又有一大堆的事情等着我去处理。当时只是强烈地感觉到生活：不应该这样！至于该怎样，就没想清楚过，随着年龄和阅历的增加，渐渐明白——生活肯定不应该是现在这种模样。

像很多人一样，我好像在做一番事业，其实，我们都只是落在一个井里，只是在勤奋地不断把井给掘宽些，至于多宽，终究不过井而已。

我们每个人都在用力，而力都用在对外的物质上、身体上、肉身上，都用在虚华的其他人的认同上。好像是为了证明给某个人，或者某小群人看，证明自己可以做好某件事情，可以把某些事情做得风生水起。风有多大？水有多深？与井底之蛙无异。

风——生，经过树林，吹动那些细碎的枝叶，摇曳着，要不了多久，所有的动作就停止了，树林还是树林，还站在那里。到了我退休的那天，生活还是生活，没有太大的改变，更多的年轻人用其他武器和工具走在我们认为那是一条奋斗之路上，重复着我和上辈的生活之路。

一切，似乎与自己的本质、生活的本质没有太大关系，有限的时间烟灰湮没于生命遥远的地方，无声无息，明知为一种浪费，而无能为力，而冠以风生水起之名。

如果能够破碎成花也好。

最奢望的是：长枪出击、战旗绕长风，这些，真就只是一种奢望。

对于太多事情我无法给予良好的判断，做出让自己彻底欣慰的事情。

只有一点：阅读。阅读是纯净和全能的，可以给至清的水增加无限的深度，可以让浑浊的水静下来。可以让彻底满溢的事物，空出一个回旋的空洞，深入或扩延，植物在空出来的地方蓬勃生长，绿色开始绽放，水在空出来的地方流动。

在绵绵的时空里，阅读帮助我脱离无力的抗争。

在每一个一百年里，都有数百种不同地域的文明，留下几位大师的作品，舒展成阔远的大地，供我自由行走，并享用。

我羡慕那些远行于大地上的知行合一者，他们用故乡的血滋养着自己，用生活中的坎坷，用身体来阅读陌生的、熟悉的大地。感谢他们用文字记录下这些，让我得以与他们深切交流，让我倾听和妄想，他们的身体力行和文字成为我的泉水，滋养着我四分五裂的精神和干涸的河流。

沈从文就是其中一位大师。

他朴实至憨，他的文字是泥土随意捏出来的，文字的世界，泥土的世界，土的气味把我从疯癫的奔跑中唤醒，让我止语，让我停止，让我倾听山在水里的声音，水绕山的绵长。

从上世纪80年代和90年代开始，我一次次怀揣着沈从文的文字，行走在那山重水复的湘西，那里有繁杂的人群和静谧的丛山。

我出生于湖南，在湖南生活工作的二十多年里，湘西的那些河流和重重叠叠的群山，那些隐藏于树林和灌木里的小路，我每年都会有不同的机会去游历。那个时候的我，整个身体和心理都处于警觉状态，没有放松过，肩膀、胳膊、腰、头、颈、膝盖、脚趾等主要部位都绷紧着，应对着各种人和事，没有轻松随意地面对大自然，也就无法如水般流淌在沈从文的波澜之地，去感受和呼吸他生命的混合之音。

来北京后的数年里，都会经常打开《湘行散记》《长河》和《边城》，那片我曾经游历过的土地，在文字的召唤下，在我的身体里复苏，蓬勃而有生机。神奇的土地复活我的记忆，让我无数次醉行其间。

虽久居城市，但一幅幅画面固执地停留在我的头脑里：迂回百转的沅水河，两岸丛山之中，三人撑舟而行，沈从文先生在船上，观村看景，更多的是感慨时态，记忆中的灯火，围柴火而坐的闲谈，火光照亮的那些人影和脸……

1934年冬天，因母亲病重，沈从文从北京回到湖南，乘车到达武陵，即现在的湖南常德。在河边码头，他租了一条小船，沿着屈原和陶渊明曾走过的沅水溯流而上，二十多天的时间里，沈从文全部在这条船上度过，他每天以书信的形式，告诉新婚的妻子张兆和，他在千里沅水及支流上看到了什么，听到了什么，又想起了什么过往之事。他随性地与张兆和叙说着当时的心境，沈从文也知道，信到张兆和手上的时间，最快也在十天之后，所以，文字隐约之中多了一种自语的成分，想念着妻子，喜欢着这些山山水水，与曾经熟悉的人见了面，有的只有惊叹。船上虽有流动的重叠的千山万水，但更多的还是作者的孤独和寂寞。

在写给张兆和这些信件的基础上改写和梳理，1936年集结成一部系列散文集《湘行散记》，成为现代散文的名作，共由十一篇作品构成。

湘西是沈从文的故乡，常德亦属于大湘西概念之中，20世纪20年代初，沈从文离乡出走，十多年后再返故里，旧时的那些人与往事，一一重现于激情的现在。

《湘行散记》头篇是《一个戴水獭皮帽子的朋友》。

沈从文由常德去桃源坐船之前，坐的是一辆公共汽车，由这位戴水獭皮帽子的朋友陪着，这是位懂人情而有趣味的朋友，也是位风流的主，对画有些了解，他是专程来陪沈从文走一段路程的。

沈从文的作品是立体的，不是单纯的游记和风情，有他自己的影子，有回来数十年的自己和他人的生活经历，有湘西特有的人文情境，语言也是湘西的味道，不是纯正的普通话。他笔下的那些水是轻灵的，山是重的，生长着枝繁叶茂的古树。

他用文字随意地营造着或空旷或幽暗的时空，荡荡回回，从现在的公车汽车，回到十三年前的那个小镇。

他的每一篇作品中，基本都有一位个性鲜明的与他有过数次交往的朋友。每次都会出现在他触手可及的视野中，或者是可视的虚空之间。

沈从文在朋友的帮助下，在桃源河街附近的船码头上，与人讲好价格，船总写好了保单，一切就绪，第二天就出发，开始他的船上生活。每个时代各有自己的规矩行市和路数。

常德、桃源于我太熟悉不过，这是我的第二故乡，我的妻子就是常德临澧人，我孩子的童年时光就是在常德度过的。1931年沈从文与丁玲营救胡也频没有成功之后，沈从文护送丁玲母子回的就是湖南临澧县，现在每次回湖南临澧，总会经过丁玲公园，也会在丁玲广场上转转。

因为我太执迷于沈从文的语言和他所写的作品，无数次梦想着跟随从文先生的文字去他曾经到过的任何一个地方，用文字回应他，告诉他，三五十年后的湘西的模样。《湘行散记》的魅力，船，成为我用行动跟随沈从文的一种方式之一。船，随他的文字走一遭。从河流到城镇，沈从文在湖南的飘荡、游历所经之地，我都绘成了地图，随时准备租船而重游。回去了几次，探听到河道上建了几个水坝，修建了几个光荣的水电站之后，沈从文亲历过的几个小镇、山水码头和风景，如青浪滩、寡妇滩等诸多村镇、风景都已经沉没于水库深处。

遗憾沉痛，但我依旧深爱这条河流，这是一条诗歌的河流，是中国文化的源头之一。屈原曾生活于这河边，也曾乘舟于这沅水之上，河声也回响在《楚辞》里。沈从文在《湘行散记》的《桃源与沅州》篇中写道：

在这条河里在这种小船上做乘客，最先见于记载的一人，应当是那疯疯癫癫的楚逐臣屈原……估想他当年或许就坐了这种小船，溯流而上，到过出产香花香草的沅州。

沈从文以写流浪军人、湘西底层劳动人，以及求生存的性情妓女为主，写花草不多，而在这里有一小段对香草香花细致入微灵动的描写，“长叶飘拂，花朵下垂成一长串，风致楚楚。”文字一改那种“土”和质朴，而以细微、雅致亮相。

包括陶渊明的退隐，也在这条河流上。

在那些土得掉渣的文字里，文化的厚重与轻灵浑然一体，尤为重要的是作为作家的思考和反省不动声色地融于其中，农民抗争的鲜血，杂草的湮没，四十多位牺牲者被抛入屈原所称道的河流中，这一切，被流动的水永远存封。沈从文说，本地人大致把这件事也慢慢地忘掉了。

作家不玩文字的，作家的灵魂的眼睛是应当明亮的，暗而复明，黑而复亮，是循环着的，不应当只是沉迷于山水的险奇峻峭，沈从文的深度和激情深含于文字中，不外露。

船到沅州，水手们上岸买些烟丝，对话和场景，都真实可摸。

从文先生喜欢这些底层活生生的水手和生意人，远胜那些寻幽访胜的知识分子，底层生活的丰富性，远胜那些编造的戏剧效果。

在《鸭窠围的夜》，沈从文的船在河上行了五天。下雪了，南方的冬天寒冷彻骨，何况是在河上航行，冷的程度，可想而知。如果是我走这条水路，万不会是冬天去的。夏天再热，因为有水上的凉风，倒是另有种享受的。

在冬天的河流上行进，做生意的、运货物的、接送客人的船，冷的夜，让水手更加孤独。大大小小三四只船，拥挤着停泊，到这样一个有人情味的小镇码头，水手们纷纷上岸寻找些特殊的女人，吃"荤烟"，更多的只是去烤烤火。那些屋子里的主人，大有背景和历史，有退伍的军人，有运气不好的老水手，有寡妇，等等。

那时烤火的方式，是典型的南方乡里烤火的方式。

我很小的时候，家里就是这样烤火的。在屋子中间浅浅地刨一个小坑，在上面架些树根树块，柴火的温度远胜过所有的取暖方式，乡里人常说，柴火温度上身快，可以驱除湿气。

沈从文的过人之处在于：突然之间，在虚虚实实的场景中，把一个人、一群人，更多的是一代人、一类人的不可思议的生死和生存环境细细地梳理成章。这些烤火屋里的主人不会有名字，河两边码头镇里的人们也没有名字，但成百个不同人物的命运都会浮现出来。

文章中写到一些美丽的有想法的女孩，因怀上外乡人的孩子，被沉潭。这事件发生的过程中，审判的族长、围观的乡人、推她下潭的人，都是主角，让人说不出一句话，只有看和沉重的份儿。

我们再回到这烤火的屋子，里面有些小细节，屋子的木板墙壁上，会有大大小小、红红白白的军人、团总、催租吏、木排商人等头衔的名片，我想到现在一些有小情调的酒吧，也是名片和随意的签名留言，制造些文化的氛围。

《一九三四年一月十八》，这是唯一一篇以时间为标题的作品。因为这天，船将到达沈从文充满了浓郁感情的辰州。

他在离辰州约有三十里水路的船上醒来，他是被一个极熟悉的声音喊醒的，人醒了，那声音还在耳边，原来是辰州的河水，足见辰州在沈从文心中的重量，非一般文字可说的。

他写到另一条搁浅的船上的水手，跳进水中，试图用肩之力让船离开沙滩，但浪咆哮着卷走了水手，其他人在岸上追几步，人便不见了，一个生命在水中消失，于水手而已，这是常事。因为太平常，而震撼人。这样的险滩与长长的急流，较多。

船过了滩和急流，进到平静之处，沈从文坐在日光里，他离开辰州十多年，这是他的第二故乡。

沈从文离开家乡之后，就停顿在这码头上，他熟悉辰州的每一条街和每一个店铺。

他温暖地爱着这条河里的船和船里的人，那些日夜流着的水，和沉于水中的小石子，还是那样细碎，他的开悟和智慧，都源于这里。

沈从文写的就是他的生活，生活中就有那么巧的事情。在多篇文章里，他都会笔墨较多地写到一个人。

《一个多情水手与一个多情妇人》，文如其名。第二天清早，沈从文的船准备出发了，他的目光和心思落在一个叫牛保的水手上。这些水手待船一靠岸，就有一部分人上吊脚楼与相好的妇人去睡一个晚上。他们感情复杂，说是露水恩情也可以，说柔情万种也对，从这些妇人身上，可以依稀从今天的湘西女人身上找到。沈从文眼中的这些妇人，没有半点脏的感觉，有的，只是分别和快乐。牛保的阳刚之气和腼腆之情，留于纸上。沈从文给了牛保四个苹果，他又再次跑回阁楼给那妇人，其间感情和分享的爱意跃于联想中。

这一天，沈从文的船全部在上滩，他欣赏着船舷边奔涌的白浪。船，下午在一个叫杨家咀的地方停靠，这里不像其他地方停靠的船多，好像就他们一条船，沈从文有些担心船上的水手下黑手把自己给黑了。不久，后面来了一邮船，与一小伙相识，在岸上一人家里烤火，突然进来一位让沈从文惊艳的妇人，名为夭夭，夭夭打听着牛保的消息，也对沈从文这位京城里的人有些羡慕。

沈从文在不经意间，把生活中的杂质在文字的河中洗涤掉，留些相关联的事件，用文字穿起来，就有那么巧的事，而远比那些发生在影视里的喜剧效果来得有趣。

其实我们的生活就是这样的，只是被太多的琐事所遮蔽。

沈从文几百字描写夭夭妇人，一个水灵灵的夭夭就落在纸上，尤其夭夭在文章结尾唱的那首《十想郎》，是给谁听的？牛保？沈从文？或者是天性的爱唱和打闹而已，都可以想象。

十天了，沈从文一直坐船而上，他也比较集中地写了这些将与他共同度过二十多天的水手。他知道那年龄较大的掌舵者是八分钱一天，拦头的水手是一角三分，那个学徒小伙计一分二厘一天。这条河上有十多万人这样过日子，可见那时的河流，以及两岸是何等的繁华。

沈从文的丰富在于他进入了身边人的世界，从水手大伙计的过去，到现在的憨实，读来生动。

在船舱里，我与沈从文一起等着黄昏的到来，触及伤感的向晚，看阳光幽淡。没有辰河上的奇异光彩，没有人生的沉存颠覆，就不会有《九歌》的惊魂。同样，没有质朴的水手和吊脚楼里的乡亲和妇人，也就无从有沈从文那波澜不惊的《湘西散行》。

十二月七号，沈从文来到他十五年以前来过的箱子岩。那些曾经的记忆，依旧萦绕于树林和丛山之中。看着那些刚下水的船，他要水手们把船停泊在十五年前待过的地方，在一家小饭铺里，他与一群正直的乡下人一起烤火，谈他们的生活，他才感觉到自己真正回来了。说这里是"小饭铺"，用这样的名词表述，应该只有湖南南方才有。那些可以吃点饭的地方，只卖点小小的生活用品，如小酒、小烟、盐和味精的小店子，就叫小饭铺。有些也指可以住宿的地方，共同点是，来往的人多为附近乡邻，经过这里喝喝茶，聊聊天，烤烤火，说说闲话，顺便买点家里需要的小东西。这样的小饭铺，遍布湘西的各个小小的交通点。基本是不会有外地人。人们坐在一起，每次都会不约而同地谈到某一件事，或以一个人为主要话题，所有的褒和贬，都不是恶意的，最多的是在调侃中带些羡慕和批判。乡村的很多道德也是这里的一些强势人说出来的。

沈从文那次看到了跛脚什长，出现在小饭铺里，这是一个乡村居民的灵魂性人物，战争、残疾、生意、倒卖、烟、玩花姑娘，都是他的关键词。沈从文就在这些亲历中，用湘西的口语写活一个个湘西大山里的人。似小说，而不是。似传奇，也不是。都是生活中的大活人，真真实实。沈从文深切的感情浓浓郁郁地怀抱着湘西的绿色。

政治、军阀、反抗、民风，沈从文一一写到。

在之后创作的长篇小说《长河》的"题记"中，沈从文的船一入辰河，他就感觉到一切变了，一切在变化中堕落，山里人正直朴素的人情味几近消逝，人们的敬畏之心随着破鬼神的动作而消亡，现代的文明肤浅地在这里如码头的垃圾，漂浮水面。也有一些公子哥花着祖宗的钱，在外面游乐，享受现实的腐朽部分。深刻的思想和学习，是没有的。

批判中更多的是痛惜。

原载《海燕》2011年第5期

# 我的维生素

## 鲁 敏

1. 作家的阅读，往往有功利化的嫌疑，以致沦为写作的附庸，正所谓“欲作唐诗，须得熟读”，这种投入与产出、上游与下游般的推断虽然略显粗略，但谁又能完全否认这一点呢？任何一个作家，在阅读中，他的职业身份都在不自觉中指手画脚，做比较文学、做文体批评、做作家论……也许有人欣赏这种雅趣，但说真的，我感到有些对不起那些书，因为我没能更纯粹更享乐地读它们。

可正因如此，阅读对我的功效，已从精神世界作用到物质空间。在各种不同的情形下，书是兴奋剂，是去痛片，或是安眠药，它总能把我带到最需要的心境，如同封闭的钟形罩或自由的飞毯。不管是狂风暴雨或平静如镜，它是我每日必不可少的维生素，我可以信赖地终生服用。

那么，就如同孔乙己排出他的大钱，我也数出一小把维生素片吧，虽则赤橙黄蓝，貌不惊人，体小量轻，如同维B、维D，可你也知道，维持生命的基本元素本来便是如此。

2. 中国作家在写当代生活时，似乎下笔极为谨慎，前辈们仍然更愿意把日历往前翻上四十年。这方面，倒是格非老师做了非常有力的尝试：《春尽江南》书写了当下的时代。我在阅读中，也会特别留意外国小说家在当代书写上的成功之作。下面列举二三。

《自由》。按中国人算法，作家乔纳森·弗兰岑过完年也才五十四岁，在美国的影响却蛮大的，因为近作《自由》一书，他成为十年来唯一登上《时代》封面的作家，媒体盛誉此书为“世纪小说”“年度书选NO.1”，等等，甚至奥巴马也急不可耐地在该书出版前“抢先阅读”，却又引发民众不满，认为他滥用总统特权。当然，这也许只是一种宣传策略。无论如何，《自由》一书首先具有物理意义上的厚——四厘米还多一点儿，绝对像砖头，本以为这会令大多数读者望而生畏，显然，这想法悲观了：我从当当订到的那一版，已是短短六个月内第三次印刷。

《自由》的写法并未故作奇巧，我喜欢这种朴素而结结实实的姿态。小说的战线虽然拉得挺长，人物也够多，其实也只是以一个中产阶级之家为核心：帕蒂与沃尔特及其一对子女，并外延到这对夫妇各自成长的家庭、成长中的困境、婚前婚后所遭遇到的其他两性关系。当然，还有理查德，他们的终身好友，一位忽而拉风忽而低迷的非主流歌手，常青藤似的长期缠绕着他们的婚姻。不过，弗兰岑所写的可不是只有忠诚、背叛、误解、激情与性，事实上，他的作品有点老巴尔扎克式的时代画卷的意思，但凡主流传媒所关心的主题，他似乎全都拉到了笔下：环保激进主义、反战情绪、经济衰退、民主共和两党之别、动物保护、环境恶化、军火腐败、能源黑幕、抑郁症与酗酒症、小城郊区退守主义、反消费潮流，等等，无所不包。通常来讲，这种写法很危险，会臃肿走形，好在弗兰岑处理得相当恰当，但这种恰当，某种程度上又显得过分面面俱到、过分理性了——他的主题表现得有些直白：一切的“自由”，人的、物种的、性的、爱的、资本的，包括国家意志的，所有这些自由，实际上都是有限度的，每一种自由的实现都必然地带来对另一自由的侵犯。这是悲哀，也是平衡。

《恶棍来访》。这书名儿就不赖吧？普利策奖和美国国家书评奖双料得主珍妮弗·伊根的获奖作品。这位女作家是前苹果总裁乔布斯曾经爱过的女人。当然这是题外闲话。她这本书的妙处在于结构与时空处理上的技术指数极高，值得专业人士脱帽致敬。不过喜欢快阅读、微阅读的人可能会有点犯晕，你看了前面、中间、后面，会找不到落脚点——伊根女士真的把时空打得太乱了。但这一点，正是本书最富现代性的特质所在，包括在一些形式上的创新，如音乐唱片般的Part A和Part B的设计，PPT文件的戏仿，相互独立而又紧密关联的十三个章节等。同时，所有这些令人眼花缭乱的形式，却都建立在一个情感真挚、首尾回环的故事之上，建立在“时间”这一恶棍的辛酸流变之上，你若耐心跟随伊根的脚步，将会从一个忧伤中年的侧面，眼睁睁地看到当代生活中理想的流逝兴衰、人生的起落幻灭、爱的进化与妥协。

再谈《骰子人生》。在中国是最近引进，其实此书在上世纪70年代就已大热，曾被禁止发行，也曾被改编成多种舞台剧，并成为摇滚歌曲和心理学游戏的一个重要“母题”。作家卢克·莱恩哈以同名主人公讲述他的魔鬼故事：从一颗骰子上随机性的六个数字开始，精神分析医师卢克开始随意地篡改自己的生活，如果扔到1，他去强奸女邻居；扔到2，他瞒住妻子继续；扔到3，他离婚并背井离乡；扔到4，他扮演同性恋；扔到5，他杀掉某人……无限的假设与多重角色的代入，滚滚而来的污浊与罪恶，暴力撕扯下的疯癫与悬崖，他藉此摆脱了单调、重复、一眼望得到头的无趣人生。说到底，这其实也是一部与中年危情、精神困境有关的书。邪恶只是表面，内核则是无边际的衰弱。

说到这里，会想起关于小说写作的形式主义。《恶棍来访》与《骰子人生》都有一个特别的“形式”概念，从而以奇特视角对当代生活进行正面强攻式的书写。与此类似的，还有《本杰明·巴顿奇事》与《时间箭》《时间旅行者的妻子》等，这三者，在处理“时间”方面找到了神奇的通道，有的甚至带有哲学意味，从而让一串也许并不多么高级的故事变成了意味深长、令人着迷的珍珠链。这就是“形式主义”的神奇作用。

——当故事可能不够好的时候，恰到好处、精心却又匹配的形式创意，就会成为一个百分百的有效助推器。

出于这样的原因，我一直比较尊敬“技术派”的侦案小说、畅销小说，那里面有着结结实实、科学一般的密码元素，如隔空点穴，使读者极其受用。作家里头，王安忆是知名的侦案小说爱好者，曾专门分析过侦案祖母阿加莎。有一阵子，我也迷过，爱伦·坡、松本清张、钱德勒、奎因、布洛克，等等，读时自也手不释卷、目不交睫，但而今回想起来，从文学余味上看，真正留在脑中的只有极少几部可堪回味：东野圭吾的《嫌疑人X的献身》，瑞典名家斯蒂格·拉赫松的《龙纹身的女孩》，布洛克的《八百种死法》。在侦案经典里，这三部大约排不上最出色，但为何一直兹然在心念念不忘？原因很简单，它们不仅仅有技术，还有令人痛楚、难以释怀的部分，可能是人物及其复杂的情感，可能是某种幽暗的色调，可能是难以修复、难以弥合的绝望。比如《嫌疑人X的献身》，很简洁的一个故事，单薄得像个中篇，但对于单恋者的苦心孤诣，真是刻画到了无以复加、泣动天地的地步。

3. 不同国度的小说，不可避免会覆盖其所在场域的阴影或彩衣，尤其是人伦尺度——中国小说，对偷情的谴责可以写上整整一章，到了法国小说，对同性恋的整宿多情也只是笔梢的暧昧一挥。以此类推我一直比较留意日本小说：三岛由纪夫、芥川龙之介、太宰治、村上龙等。日本文学对于性、私密、败恶情绪的处理非常特别，幽微而绮丽、变态但诚实。接下来的年轻一代的作品，私人感更强，又保持着散淡气，由此构成了一种深浅有致的日式现代感。比如金原瞳的《裂舌》、青山七惠的《一个人的好天气》等都是其中非常典型的代表性作品。

《第八日的蝉》的作者角田光代是与吉本芭娜娜、江国香织齐名的三大日本女作家之一，曾经获得过直木奖，须知此奖乃日本大众文学最高奖，与市场相当紧密。故而，此书在情节起伏、结构设置以及叙述视角上都下了很大的功夫，带有畅销小说的预设，立意要“抓人”——作为“第三者”的我，去偷了对方家庭初生的婴孩，然后凭借着偶发的“母性”四处亡命，寄居异处……它的行文风格，是相当典型的日式“私小说”：反反复复的心事、生活细节的不厌其精、“与世隔绝”的生活模式，等等。

与此类似的还有《乳与卵》。这也是获大奖的小说，芥川龙之介奖，日本纯文学界最高荣誉，规格约莫相当于中国的茅奖与鲁奖。作者川上未映子以歌手、演员、博客写手名世，此本《乳与卵》，具有非常尖锐的女性意识（纯文学奖么，总归要找根钉子挂一挂，天下大同），书中只有三名女性：母亲卷子，全书围绕她的隆乳工程展开；女儿绿子，处于成长叛逆期，不肯说话，只用纸笔交流（这个设计太文艺，我最不满意），乃至于其对经期排卵一事耿耿于怀；而小姨则为旁观的口述者，一种妇女家常调子的好奇与懵懂。小说极短，排得稀稀朗朗勉强凑足一百页，而其中足有三十页，都是对女性器官、女性生存、性别意义等的努力陈词，着力表现一种自省的女性主义，个别章节尤其是高潮部分的“对砸鸡蛋”一幕显然用力过猛。日本新一代女作家对私己的细碎描摹真是登峰造极，这种不管不顾、袒露一切的架势，似乎总在提醒你：这只是私小说，不可要求太多，但你看到什么都不要吃惊。

再说说《夕子的近道》，这是首届大江健三郎文学奖获奖作品，尽管这位诺奖得主本人的作品以残酷、奇异、庞杂的文风令读者望而生畏，但他所激赏的这本小说却清淡如小米粥，书中六七个人物：古董店老板与瑞枝的情事，夕子为高中老师怀孕，朝子如同劳工般进行的装置艺术品，等等，而“我”则流浪汉一样须靠旁人接济，却又心事沉沉，像是由稀薄空气构成的模糊形象。而所谓“夕子的近道”，其实只是这个高中女生私下摸索到的、需要爬上跳下，且绕得更远的小路——或许此条近道，正是其旨趣所在：反社会效率的价值观、回避过分亲密的情感、拒绝一定之规的前程。整本小说，有种反“小说规律”、反“成功学”的可嘉之勇。

我经常推荐同行看日本小说，尤其想强调其对“私人”领域的重视态度——对照着中国小说对宏大叙事的迷恋与崇拜，真像是两个极端。

4. 移民作家似乎总有异样之处。老牌的有纳博科夫、奈保尔。近来的有石黑一雄，是日本人，移民英国，大红。写《追风筝的人》的卡勒德·胡赛尼，阿富汗人，移民美国。裘帕·拉希莉（代表作《疾病解说者》《不适之地》），孟加拉裔，移民美国。赫塔·米勒，罗马尼亚人，现为德籍，2009年诺奖得主。雅歌塔·克里斯多夫，匈牙利人，现定居瑞士，《恶童日记》三部曲，震撼人心。

这个杰出移民作家的名单显然很长，不久前我又加上了一位生于1985年的蒂亚·奥布莱特，她生于战火动荡的贝尔格莱德，后移民美国，二十一岁开始在《纽约客》《大西洋月刊》等顶级刊物发表作品，二十五岁时她写下一部《老虎的妻子》，获奖无数，成为史上最年轻的奥兰治奖获得者，此奖为英语女性文学的最高奖。

移民作家的作品有时会有共性：殖民色彩、文化交融、战争或革命、避难与逃亡、异乡感与家园寻求等。但《老虎的妻子》并不特别以此为标志，全书的背景虽然也一直是巴尔干半岛的连绵战火，但真正的核心却带有“动物神话”的童真气息。老虎的妻子究竟是怎么回事？为何她与一头从动物园逃亡的老虎相爱，并最终怀有身孕？此外还有一个“不死人”贯穿始终，后者是一个既诚恳又悲凉的角色，他凭借咖啡渣占卜并预告人们的死亡，可他自己却永远无法死去……这本新书并不完美：书后半部的个别章节略显冗余，次要人物的枝蔓旁逸有些过头。关于外公之死、老虎之妻的悬疑处理稍有生硬。但这并不影响年轻的奥布莱特小姐构建一个复杂而淡泊、天真又残忍的绝佳梦境。

石黑一雄的作品一直声名响亮，我读过他的《远山淡影》与《无可慰藉》两部。前者系其处女作，风格仍是清淡，乃至有些无趣，直至书的后五分之二，一个代入视角的设计露出一角，全书突然显现出凄清的扭转意味——我由此喜欢上此书。但同样的期待在《无可慰藉》上并未满足。石黑一雄一直高调伸张他的"国际视野、开放格局"，《无可慰藉》的野心也十分明显，它抛开了移民故事与移民背景，变成了一个纯粹的"大师小说"，并且有着卡夫卡《城堡》式的迷雾设计。但从阅读体验上，此书却使我几度昏然而烦恼，如同掉进无边无际的兔子洞，最终只得放弃，让自己挣扎着趁迷失之前从洞底爬上来。

同样令人失望的体验在《追风筝的人》续篇《灿烂千阳》中得到验证——如此反复，像一个冷静的耳语再一次提醒写作者：相较于野心的诱惑，激情与诚恳更为可靠。我经常向人提及一部匈牙利作品《宁静海》。宁静海是个地名，远在月亮之上，是阿波罗11号带着阿姆斯特朗的登月地点，而且这片海也并非真有海水，而只是块小盆地，也即人类从地球上肉眼所见的黯淡黑斑——匈牙利作家巴尔提斯·阿蒂拉将宁静海用作书名，也许是来喻指一个永恒的心灵黯影，也许可以理解为像阿姆斯特朗那样，为了摆脱重力束缚、追逐一种永远不得其所的自由。这本书就是典型的激情之作。

阿蒂拉是1968年生人，是匈牙利的年轻一代作家，两年前曾应上海作协之邀到中国短期居住访问。这部写于十年前的长篇，是一部极为酷烈的成长小说，主要写母子关系。书中的母亲，一位没落的贵族后裔，曾经是相当出名的性感话剧演员，十五年来，由于遭受当局不公待遇，她足不出户，石头一般地囚禁自己的身体，更以强烈的爱憎来囚禁儿子的灵魂与爱欲。母与子之间的纠缠、控制、戕害，其极端程度，超出所能想象的人伦之底线。但《宁静海》又不止于此，由于作家及其家族所处国度的时代背景，其父辈们经历的匈牙利反苏自由革命、叛国罪与牢狱之灾、体制变革与解体、驱逐出境等，家国命运的动荡在小说里有着浓厚的经验投射。比如，小说中母亲的病态自囚，很大程度上即是因为意识形态压力下的后遗症，一种自我遮蔽与保护过度，包括对流亡在外的女儿，尽管其尚在人世，但母亲却恶毒地替她做了个衣冠冢——这显然不是恨，而是失控的、无法表达和纾解的爱。类似的令人发指的细节，书中触目可见，全书不见片刻“宁静”，反而布满刺激性的阴郁、毫不遮掩的暴力与野蛮。看罢全书，再回头瞅瞅书封面：一只布满犀利血丝的大眼睛（德国现实主义画家克里斯汀·夏德的作品局部），再瞅瞅作家像（嘴叼香烟带有毁灭气息的侧影照）。作品与封面上此种残败与颓废的取景，着实两两相宜。

5. 关于“死亡”的主题一直是我的心头大好。我本人的小说中也曾多次正面书写。如《离歌》《墙上的父亲》《思无邪》《小径分叉的死亡》《死迷藏》。有读者已经觉得我似乎写得太多了。但说真的，我一直觉得，死亡是比爱情更有丰富程度、更值得为之书写终生的领域。

我一直喜欢一本书，名字便叫作《死》，据说这书名儿当初让出版商们闻之“都低头看着自己的手指甲”，不过，它后来获得了美国书评家协会小说奖、《纽约时报书评》年度十佳图书等殊荣，出版者只怕又欢喜得抓耳挠腮了。《死》一开头展现在读者面前的是性、暴力和死亡：一对动物学博士夫妇，来到了三十年前他们初遇的海湾，正当他们打算重温旧梦之时，意外遭遇杀害。但作家吉姆·克雷斯的角度绝非悬疑，他随即展开了节制乃至幽默的叙述：一条线时光倒转，追叙这对死去夫妇腼腆的婚姻；第二条线是女儿对失踪父母缓慢冷静的搜寻之旅。

还有我个人最喜欢的第三条推进线：在他俩死后却仍未被发现的六

天中，死亡的细节像多米诺骨牌那样一片紧挨着一片，在甲壳虫、海鸥、螃蟹、海水与各种微生物参与下，这对曾经带着欲望、虚荣、忧虑的尸体开始腐烂，向死亡的最深处迈进。这些章节是纯白描的、戴着放大镜般仔细入微，甚至融入了生理解剖、海洋生物、昆虫学等接近专业的术语，笔调出奇地冷淡乃至戏谑。在这里，死亡成了一场大自然的盛宴，戴着顺水行舟、春去夏来的安详。

尤其清新的是，无论是逝者女儿还是作家本人，对于追捕本案的凶手都没有表现出丝毫的兴趣。本书唯一的主题就是死亡。死神是一次意外的拜访，如婴儿之新生，带着爱怜与无邪的微光。

另一本我所喜欢的死亡之书是非虚构作品：《殡葬人手记》，还有一个副标题：一个阴森行业的生活研究。可是甭被它吓住，其实全书行文相当之温和。因为家族从事此业，美国人托马斯·林奇在大学毕业后接手了某小镇殡仪馆，专司埋葬与焚烧死者之职："在我们这个小镇，每年我都要安葬大约二百名死者，此外，还有几十人火化。"二十多年的独特职业经验显然没人可比，林奇是职业的死亡观察者，死以五花八门、匪夷所思的方式扑面而来，像是搭在生者与死者之间的桥，他愤怒、惊讶、畏惧、感触、平静……由于信奉天主教，很多方面，林奇颇有点中国人生死事大、慎终追远的意思——读这样的书，其实会感到生的欣悦与偶然。你不会惧怕一切的苦楚或衰老，因为有太多的人，他们甚至都没有机会来受苦、衰老。

原载《艺术广角》2013年第4期

# 书房的滋味

黄桂元

“你书房里的那些书，都读过吗?”经常有人这样问，我总是面露尴尬，一笑了之。比起藏书家，我的书籍数量不足挂齿，即便如此，我也没有把书房里的书都读过。大致说来，那些书有1/3读得还算认真，有1/3只是随意浏览，剩下的1/3往往束之高阁。我相信这个事实并非“个案”，或许孙犁的一句话可用来自我解嘲，“寒酸时买的书，都记得住，阔气时买的书，读得不认真。读书必须在寒窗前，坐冷板凳”。

中国封建社会，不是所有的统治者都把读书人放在眼里，焚书坑儒的秦始皇就不说了，刘邦打天下时认为读书无用，还往读书人的帽子里撒尿以示羞辱。始于隋唐的科举制度给读书人带来了福音，“书中自有黄金屋，书中自有颜如玉”几乎成了金科玉律和至理名言。而今市场经济年代，读书人买书，读书，藏书，甚至满屋书香，坐拥书城，都不再是一件值得荣耀的事了。

我大约属于冥顽不化的那类迂腐书生。书籍寥寥的名邸豪宅，再富丽堂皇也引不起我光顾的兴趣。我年轻时，最大梦想就是拥有一间属于自己的书房。这对于许多读书人却是个奢望。据说当年的马克思阅读量很大，而收藏很少，是因为收藏不起。日本前首相田中角荣早年也买不起书，他凭着记忆力过人，每天背熟一页《和英词典》。我的书房诞生于十六年前，“领地”一旦形成，即意味着住房面积“缩水”，三居室相当于两居室，也只好厚着脸皮装聋作哑。几次搬家，最麻烦的就是书，装箱打包，码成小山，堪称一项工程，令搬家公司暗自叫苦。搬入新居，拆箱归类，这些活儿不仅费时费力，还有技术含量，别人插不上手，只能亲力亲为。

三十年来，买书和送书如同迎新辞旧，已成了我的生活内容之一。这是一个优胜劣汰的机会，孙犁就曾把自己买的《西厢记》《孽海花》送给熟人，然后再购置新书。以前朋友过生日，我最先想到的就是送书，因人而异，投其所好，效果尚可。后来社会风潮有变，兴冲冲买来自认为有价值的书，却忘了读书行为已然落伍，也就不再“一厢情愿”了。我还有过几次大批量送书，最近一次是去年岁末，有朋友新买了大房子，装修讲究，房间过剩，便把一间屋子打造成书房，宽大的书柜占了一面墙，顶天立地，气势不凡，里面却空空荡荡。而我这里早已书满为患，遂装满两只大纸箱送将过去，一举两得，皆大欢喜。

看一个人的书房，其阅读趣向和品位便可一览无余。我的看法是，既称之为书房，就应以书籍为主，挂字画、摆工艺品并无不可，但多到琳琅满目，喧宾夺主，味道就变了。那样的房间更适合叫作收藏间、展览室，而不是书房。书房总是朴素的，怀旧的，令人敬畏，也使人亲近。如今的一些书房，干脆就是某种门面和摆设，其形式远远大于内容，就像现在的新书包装，套装、精装、礼品装不一而足，开本尺寸各行其是，购书成本节节攀升，让读书人望而却步。去年秋天，我把20世纪80年代初买的《美的历程》（李泽厚著）送了人，送走的是薄薄一册，很快又买回了新版本，内容完全一样，厚度却增加了足足三倍，字号、版式、纸张、价格一律膨胀，几乎可用“大部头”形容。恍惚间，隐隐觉出书柜在逐渐萎缩，书房在不断缩小，也只能徒唤奈何。个中滋味，唯有自知。

有书友告诉我，一些年迈体衰的老教授最忧虑的一件事，就是如何处理“身后”的藏书。那些藏书倾注了其毕生心血，但他们的儿女往往多在国外，根本无暇顾及，即使儿女在身边的，也少有把父辈藏书视为珍贵遗产的，子承父业的情形毕竟有限。有的老先生明察秋毫，捷足先登，把藏书捐献给大学图书馆或公共图书事业，算是一种善终，更多的老人只能望书兴叹。听到这种事，我总会有一种揪心之痛。我买书不为收藏考虑，不讲究版本校勘，不懂毛本书、签名本、藏书票以及善本、孤本的奥妙，我最看重的是阅读利用率。我买书读书全凭个人嗅觉和兴趣，一向随心所欲，市场的蛊惑和媒体的忽悠对我不起作用，只要内容吸引我，就不会在意书的形式如何简陋，对于书的命运，亦无后顾之忧。

久而久之，我已经习惯了自己的书房“杂乱无章”。那种一尘不染，井井有条的书房，我会不习惯、不自在。书房是我唯一可以做主的地方。书无须多，但要精，关键是投缘。一见如故，相见恨晚，这样的书聚在一起，自然会形成特有的书房气场。我读书喜欢折角、画线、做记号、塞纸条，这样的书仿佛带着体温和气息，我一般不愿意借出去，如果必要，宁肯再买一本相送。一个读书人有理由保留私人阅读的空间。阅读未必是私密的事，却也无须对外公开晾晒，让自己中意的书成为“大众情人”。林语堂称读书是“魂灵的壮游”，还把阅读比作“找情人”，只有情投意合，才能心心相印。我深以为然。进而想到，如果把书读到头悬梁、锥刺股的地步，真是不读也罢。

原载《今晚报》2013年4月16日

# 日消情长

安妮宝贝

1.《浮生六记》薄薄一册，流动了两百年。作者沈复，字三白，在嘉庆十三年写了这本自传体散文笔记，记录了他生命中一些微小的人和事。但对他自己来说，却可能是一生仅剩的重要记忆。他并非其他声名显赫的诗人或文臣，一定也未曾想过日后文字会传世。只是身居苏州的一个普通男子，读过诗书，能写会画，但在古时，如此这般的男子，应有很多。棋琴书画，赏花玩月，在当时是一种生活基本技能，是一种大众的审美趋向。但凡出身家境能支持的子弟，都会学习，都会跟随艺术的风雅。

沈三白才华不算奇突，一生际遇亦乏善可陈。但他于身后留下的这一册笔记，无意间，让后世的诸多人读之，感慨之，沉醉之。当初写下此稿第一行的目的，却是因为觉得自己生于太平盛世，生在衣冠之家，又住在沧浪亭边，有种种经历，是受上天厚待的，若不以笔墨记录，就是辜负。他的书写，一落笔即是无所目的、无所追求的。文字对一个作者来说，首要的作用，始终是给予自己。记录下来，有所感恩，不过是如此。文中气息质朴顺直，浑然天成，最终依靠性情胜出。字字句句，在于慧心灵巧，在于真情实感。

2.《浮生六记》余留四部分，我喜欢的是前三部分。讲述他与自己的妻子陈芸的世间事。她是他从小就认识的女孩，家里穷困，以刺绣纺织等维持家用。他在十三岁与她订的婚约。那是关于两百年前一对俗世之中结为夫妇的男女的故事。一男，一女，各有癖好、性格、习惯、才情，人物如此活生生地存在，全在于文中不嫌碎屑的记录。都是日常小事，都是细枝末节。这些事，这些细节，也许会被失去重视，觉得不过是家长里短。而在我心中，他是“多情是佛心”，芸娘是“不俗即仙骨”。这一对草芥般微渺的人儿，来到世间，缔结姻缘，如此相知欢好，前世未曾不知道累积过多少与彼此的善因缘。

他把夫妇之事放在全文最前面，不过是遵循《诗经》的格式。但在他心目中，情爱真的是首等重要的内容吗？在大多世间男子的心中，一般重要性的排序是事业、交际、家人、女人。他们既然有把女人当作衣服来换的理念，那么女人在其心中，也大多是一种欲望和虚荣的填塞物。如果结婚，则是理性而现实的生活组成内容。她们将替代他们的母亲，做他们的母亲做过的一切事情，包括提供整洁的房间、现成的饭食、熨烫服帖的衣服、随时随地的贴身伺候……而最基本功能，是生育和养育孩子。女人在男人心中，若从客观的角度来说，是这样一种存在。爱情，显然是进入婚姻和实际生活之前的一段幻梦。男人制造给女人，女人则容易不醒。但在沈三白的心中，这不是他给予女人的模式。

他显然并不遵循世上大多男子对生命里这些事物的排序方式。在文字中，他也会为钱发愁，为此东奔西走，雪天寒夜，境遇可悲，但却从没有发出过要得到功名利禄的感叹。他除了赞叹自然的美，少有抱怨。亲人如何待他，世事如何耍弄，一律坦然顺受，尤其表现在他与父亲和弟弟的相处上。他人对他苛刻，他心中仍只有旧情。而看到文中他如此津津乐道于自己的婚姻生活，有些人大概会觉得他胸无大志，眼界狭窄。但你若看到在他的生命里，一株兰花，一段闲居，一场宴游，一片山河，与一个女子，所有的事物都各得其所，熠熠生辉，你就会感知，他是以自然和本真面目为首要的人。

他是至情至性的爱人，落魄不堪的文人，游戏人间的浪子，也是放纵不羁的边缘人。

他视世俗一切为本然，唯一执着黏缠过的，只是妻子陈芸。陈芸对他来说，虽然也是一个合格的妻子，善于烹饪和安排家居生活，生了一子一女，平素谦恭有礼，待公婆谨慎，该做到的一样不落。但她在他心里的位置，更重要的一部分是，她是他的知己，他的良友。女人若缺少这一部分力量，男人不可能把她视之为重要。因此，女人若做不到心有慧眼，胸有真意，也无法令一个心思敏锐的男子产生珍惜。

陈芸可以做到的事情，恐怕一般妻子未必能做到。她可以陪伴他“课书论古，品月评花”。与他一起喝酒，他教会她酒令，两人一起玩耍。他们长时间讨论诗文，说杜甫评李白，而即便是夏日酷暑，微小如茉莉香气这样的事物，也值得两人玩味。他说，“此花必沾油头粉面之气，其香更可爱，所供佛手，当退三舍矣。”她即刻机灵地对应，“佛手乃香中君子，只在有意无意间。茉莉是香中小人，故须借人之势，其香也如胁肩谄笑。”

“察眼意，懂眉语。一举一动，示之以色，无不头头是道。”交流之乐趣，自然在于对方能够心领神会，对方可以对答如流，对方且还把你说的意思延伸了一层。有了这样的人，才可以即便是并肩观月时，沉默是默契，絮语是柔肠，一切流动而自在。而同时，她对他又是这样的殷勤郑重，见到他过来，必定起身相迎。在暗室相逢，或者窄途邂逅，会轻轻握住对方的手，问询，何处去？所以他会困惑，“独怪老年夫妇相视如仇者，不知何意。”因为，他们对待彼此太好了，好得反而如同失了真。

沈三白虽是男儿身，爱喝酒、交友、周游四方，但在这个男子的心里，有一半是温柔精巧的女儿心。他说自己小时候就能“张目对日，明察秋毫。见藐小微物，必细察其纹理，故时有物外之趣”。有这样的心目，才会把蚊子观想成群鹤舞空，贪恋花草虫蚁的乐趣，玩赏瓶花摆设、剪裁叶树、园亭楼阁、诗画山河，并能够细细体会和感知一个女子的美。他对她的敏感心思，非庸常粗率的男子能有。见到她回眸微笑，“便觉一缕情丝摇人魂魄”。久别重逢，会“觉耳中惺然一声，不知更有此身矣”。也只有遇见这样的男子，一个女人身心之中的美才能重重打开，尽情地绽放和释放。因为，他会是她所能够托付的玲珑剔透的容器，盛得下她活泼的蓬勃的生命力。

陈芸虽是女儿身，被闺房限制，连远游也不可得，胸中却有豁达的男儿意。她女扮男装，与他相伴，一起去看灯会。这灯会，“花光灯影，宝鼎香浮，若龙宫夜宴”。世间的美景，他们需要共享。她想去看浩渺的太湖，亦偷偷出门与他同行，望着了壮阔景象，说“今得见天地之宽，不虚此生矣。想闺中人有终身不能见此者”。这样的感慨，也是因着内心从来没有停息过的愿望和意志，她对这个世界是有着积极的参与意识的，并不甘于困守闺房之中。他也说她，“芸一女流，具男子之襟怀才识”。

所以，男女的个性，都不可是纯粹的阴性或阳性，各自都要略带些女儿气和男子气。这样才是真正的平衡和谐。太男子气的男人，或太女子气的女人，终究是不那么可爱的。他们或者过于的粗糙，或者过于的造作。而对待感情的方式，也是固执而冲突的。难以彼此体会感知。

对于沈三白和陈芸来说，这一对平凡而和谐的璧人，美好的日子，在于年轻和无事时，在于他们彼此心中的阴性和阳性互相融合和存活时。租了菜园里的房子来避暑，纸窗竹榻，充满幽趣。邻居送来池子里钓的鱼，园子里摘的菜，她以自己做的鞋子回报。一起钓鱼，就月光对酌，微醺而饭。洗完澡，两个人凉鞋蕉扇，听邻居老人谈论因果报应的故事，三鼓而卧。到了九月，则种植菊花，然后邀请母亲来过，吃螃蟹，赏菊花。这是一段短暂的神仙日子，她如此留恋，不竟说出内心的愿望，说，将来我们应该就住在这里，雇些仆人种菜，可以维持生活，你画画我绣花，备诗酒之需。“布衣菜饭，可乐终身，不必作远游计也”。

的确，两人若能如此相知相随，在万事小物中得到诸般乐趣，又何必再远游呢。走得再远，也走不出彼此的这份天长日久。两个人，所求无多，不过是一间屋子，一畦地，彼此做一对快乐的妙人。但即便是如此微小的愿望，对他与她来说，也并没有在今生得以实现。

3. 一日，他们一起和船家女在夏日夜色，搭船出游。没有点灯，只是借着月色痛饮，渐渐兴致淋漓。行酒戏耍中，陈芸把船家女素云推入自己夫婿的怀里，说，“请君摸索畅怀。”而他也即刻机灵地对应，“摸索必须要在有意无意之间，拥抱而狂探，不过是田舍郎的作风。”此刻，他闻到了陈芸和素云发鬓所簪戴的茉莉，被酒气蒸起，夹杂着粉汗油香，因此芳馨扑鼻。这一段描写，文中不过一带而过，但其中的绮丽艳光，却有一种短促的悲凉之感。尤其是描写越往后行进，他们之间的欢喜日子越少。

他们继续痛饮，之后素云以象牙做的筷子敲击小碟唱起歌来。陈芸欣然畅饮，先坐车回家。留下他和素云喝茶闲聊，再踏月而归。她于他，无机心和芥蒂。她与他是夫妻，却对他并无防备和控制之心。她甚至想以自己的审美标准给他找一个小妾。在两百年前的男女关系里，他们仿佛有更豁达的一种联结。即，愿你喜乐，我亦随喜。她从未曾说，“你是我的人，你该一心只与我一起。”她替他安排，铺设，说，“我自己也喜欢她。你且等着事情完成。”她对狭窄的占有欲没有兴趣，但她对生命整个宏观的结构有自己的愿望，即希望与他永不失散。

因此刻了“愿生生世世为夫妇”图章两方，他执朱文，她执白文，在往来书信时各自使用。他请人画了一幅月老图，每到月初或月中，两个人就焚香拜祷。两个人偶尔闲话，她遗憾自己身为女子，无法陪伴他出远门，畅游山河。她说，今生不能，期望来生可以。他说，那么来世你做男子，我来做女子与你相从。她说，“必得不昧今生，方觉有情趣。”他说，我们连幼时的一碗粥这样的事情都可以说个不休，若是来世没有忘记今生，那么再次结婚的时候，一起细谈隔世，恐怕会说得没有眼睛合上的时间。

这样的深情，读之者不免心动、心痛。因为这些闺房内的情语，听来天真和热烈，内在未尝不是一种执着。对彼此的眷恋几近贪婪，连隔世的记忆都不愿意失去。

而今生的记忆的确是太多了。她与他一起焚香插花，制作活花屏风。她“拔钗沽酒，不动声色，良辰美景，不轻放过”。夜晚，月光把兰花的影子映照在粉墙上，朋友取来素纸铺在墙上，就着兰影，用墨或浓或淡地画下了它。她十分喜爱这幅画。油菜花盛开的季节，与友人一起，带席垫到南园，她心思灵巧，雇了一个馄饨担，可以用来加热煮食，这样就不必喝冷酒。“是日风和日丽，遍地黄金，青衫红袖，越阡度陌，蝶蜂乱飞，令人不饮自醉。”大家聚在春光里，品茗，暖酒烹肴，坐地大嚼，杯盘狼藉，或歌或啸，都无比沉醉和欢畅。直到夕阳黄昏，还买米做了热粥，喝完之后才大笑而散……“自以为人间之乐，无过于此”。

因着这些种种，当她去世的时候，对他来说便是“知己沦亡”。

而但凡能够得到这样彻底和不羁的生活的人，本身一定也是能量充沛之人。现代人时常抱怨自己工作忙碌，身心疲惫，觉得人生空虚，欢乐稀少，谁曾想到反省自身。如果一颗心不曾萎缩和停顿，生活中又何尝不是处处是景，都可值得细心观照，用心体会。而我们对待爱的方式，也会更从容更笃实一些。不会随着新鲜感的失去，时间的推移，使对方最后成为一道可有可无的摆设。沈三白显然是一个能够把情感的浓度、生活的美感尽量榨取出来的高手。他的对手陈芸也是如此。他们癖好相同，性情相投，浓烈而纯粹，感恩而珍惜，所以才可以两相燃烧，并始终不熄。

4. 这册薄薄的古人笔记里，引人心动的，不尽然是一对男女之间的私自的情感。这样的生活，必然和当时的社会形态和大众的价值观，和他们对待文化、自然、生命、欢乐的态度是息息相通的。越过两百年，且看今日的社会，谁还能具有这样的玩心，这样的旷达。灵魂的宴席仿佛早就已经结束，剩下的都是虚妄和空洞的游戏。人们跟金钱玩，跟自己的欲望玩，越玩越脆弱，越玩越寂寞。

古人的情爱生活状态如何，若没有这遗留下来的文稿之中，情深意长的一字一句，两百年后的人们根本无从想象他与她，以及他们的感情生活。沈三白如何厚待和爱惜他的妻子，陈芸又是如何跟随和陪伴她的夫婿。一对平常夫妻，家常琐事，一蔬一米，一羹一汤，还有他们之间无穷尽的嬉戏和欢娱。看起来都是人之常情，亦至今仍在轮回流转。但其间属于他们特有的这种情感和个性的品质，却失去之后难再复回。

这个时代的人，已经有了两百年前的人绝对无法想象到的一切。有了网络，得以快速地连接遥远的世界，有了手机，随时可以交流，有了微信摇一摇种种电讯社交方式，陌生人即刻贴身靠近，有了高速的交通工具和各式快捷酒店，男女交往也随之摆脱了传统交往中的审慎和考验……而两百年后的爱情，也已失去了彼此欣赏和玩味的从容心境，失去细腻的心思和克制的礼仪。没有房子车子等现实的基础，男女难以成为眷属。在一起生活之后，相对无趣，心性无聊，难以克服七年之痒。结婚、离婚、同居、畸恋，变动的状况复杂。而复杂的表现形式，源头不过是出自心田。

心躁动，情亦难深。心贪婪，情难久长。

5. 其中，最喜欢的一个细节，是第二卷《闲情记趣》的告终。有一段，看起来非常独立，说“夏月，荷花初开时，晚含而晓放。芸用小纱囊撮茶叶少许，置花心，明早取出，烹天泉水泡之，香韵尤绝”。

病危临终时，她曾对他说，我唱随你二十三年，你百般体恤，不因为我的顽劣而放弃，我得到像你这样的知己和夫婿，此生没有遗憾。“神仙几世才能修到，我辈何人，敢望神仙耶？强而求之，致干物之忌，即有情魔之扰。总因君太多情，妾生薄命耳。”感恩和谅解，是她一贯对待这个世间人事的态度。她也从不曾介意和抱怨过他无法摆脱的动荡生活。窘迫时，他即便开了书画铺，也是三日之进不抵一日之出。她为生计抱病赶出一幅刺绣的《心经》，完成之后疾病加重。在他们身处的境地里，对这些困难艰辛，这对妙人是没有任何回转之力的。只是被席卷，被摆弄着，竭力保持着平静和坚韧。

虽然他说，恩爱夫妻不到头。但，神仙日子已过，善缘已了，也就毫无遗憾和亏欠。有人说“浮生”二字，出自李白的诗《春夜宴从弟桃李园序》：“夫天地者，万物之逆旅也；光阴者，百代之过客也。而浮生若梦，为欢几何？”那时他们的经济状况和家境平和，都应已在慢慢走下坡了吧。他们尚未看到彼此的未来，相守的期限，以及最终的结局。渐渐，家道贫穷，与亲人不和，陈芸逐日病重，无处安身。被迫，他们抛弃子女出走，投奔异乡，辗转求借度，颠沛流离，身寒腹空。陈芸客死他乡，儿子病逝。他又有了一个新的女子，“赠余一妾，重入春梦。从此扰扰攘攘，又不知梦醒何时耳”……

这伴随无常而来的，种种沦落，种种伤痛，种种变迁，种种无力，直到最后一切灰飞烟灭，直到一切又无始无终地轮回……“情如剩烟，才如遗电。”即便如此，在两百年前的某一月，某一天，夏日的某一刻，有一对男女，他们只见到荷花花瓣的开合、茶叶的花香、雨水烹煮之后的清澈甘甜，以及彼此的两情相悦，两相缱绻……在记录下这段记忆的时候，她在他的灵魂中融化，他在他的文字中永久。来世的相遇，也要今生的善缘才能得以继续欢好。不辜负此刻，便是全部。

他们早已知晓这时间和无常的秘密，所以，在相逢和有生的年月里，释放尽了所有的美和情感。

原载《大家》2013年第4期

# 那些不存在的书

刘 铮

还没到真正万马齐喑的时候。书还是照样出：革命的、社会主义阵营的、亚非拉兄弟的，品种并不算很少。西方经典文学，傅雷翻译的巴尔扎克，跟高尔基一起，也还在印。译介外国文艺作品的主力，在上海，是上海文艺出版社；在北京，则为人民文学出版社及作家出版社——当然，两家其实是一家，后者不过是前者的另一块牌子。

去年，得到一批人民文学出版社出版外国文学图书的档案材料，时间上，从1961年中到1964年底，依次为：

《日本现代文学作品选题计划（草案）》《西亚非洲现代文学作品选题计划（草案）》《拉丁美洲现代文学作品选题计划（草案）》（油印，分别为5页、5页、7页，1961年中）。

《翻译和出版外国现代政治、学术重要著作选题目录（草案）》（铅印，46页，1963年1月）。

《外国文学编辑部1964年6—12月出书计划》（复写，大开，两份，分别为3页、4页）。

《人民文学出版社1961—1964年出版外国现代文学情况》（复写，16页）。

这些材料，加到一起，刚好呈现了人民文学出版社在“文革”前几年所做译介工作的大体样貌。完整自然说不上，但有价值的内容是颇不少的，不仅出版社内部的运作情形，政治的气候、主事者的好尚、出版后的反响，都不无体现。

相对于已刊书的全目，我更关心那些由于种种原因最终未能成书的选题。《马太福音》说：“一个人若有一百只羊，一只走迷了路，你们的意思如何。他岂不撇下这九十九只，往山里去找那只迷路的羊么。”当然，我并没得着寻获那一只迷羊的欢喜，而只是知道了它的一点线索，却也聊慰吾怀了。有那样一些好书，起初不无存在之可能，而终于不存在，这怎么都不该算是个人的遗憾，而是时代的失落。时代此外失落的东西也太多了，似乎不差这一点点，而独惜这一点点，盖因“情之所钟，正在吾辈”罢。

## 一

日本、西亚非洲及拉丁美洲的这三份现代文学作品选题计划，未标明拟定的具体时间，不过，当中都提到“准备从现在起到1963年年底两年半的时间内实现这个计划”，推算起来，应是1961年中制定的了。

《日本现代文学作品选题计划（草案）》“说明”部分前两条云：

（一）日本文学作品我社已出25种，其中古典作品4种，现代作品21种。已出的现代作品，主要是日本重要革命作家的多卷集（如小林多喜二、宫本百合子、德永直等），所以很不全面，如藏原惟人、中野重治等的论文和作品，至今还没有介绍。至于日本当代其他各派的主要作家，如野上弥生子、石川达三等人的作品，则更没有翻译出版。

（二）这个选题计划暂定现代作品18种（古典作品选题计划另订），为了广泛团结日本当代作家，并了解日本当前文学的概貌，拟在两三年内着重介绍各派主要作家的较有代表性的作品。

选题开列的18种分别为：《战斗的日本》（以“新日本文学会”编选的《反对“安保”诗集》为基础编选的日本反美斗争诗选）、《日本现代短篇小说集》（“约40人，每人一两篇。其中有的是老作家，如正宗白鸟、野上弥生子、中野重治、川端康成、石川达三等；有的是目前比较活跃的年轻作家，如有吉佐和子、大江健三郎、开高健等”）、木下顺二《夕鹤》、村山知义《死海》、森本薰《女人的一生》、真山美保《马五郎剧团》《藏原惟人文学论文集》（包括《新日本文学的社会基础》《关于无产阶级文学运动的评价问题》等论文共16篇）、《宫本显治选集》、手塚英孝《小林多喜二评传》、中野重治《肺腑之言》（描写30年代末期日本一群青年知识分子的生活和思想。自传体小说之一，1955年出版，约20万字）、山代巴《板车之歌》、石川达三《人墙》。接下来是9位作家的名单：野上弥生子、广津和郎、阿部知二、芹泽光治良、西野辰吉、宇野浩二、井上靖、大江健三郎、开高健，后附按语：“以上九人，有的是老作家，有的是青年作家，在日本文学界比较活跃，拟各出一种长篇（中篇）或一本短篇小说集，选题尚未确定。”

这18个选题，据我所知，在20世纪60年代实际出书的，只有5种：木下顺二《夕鹤》（中国戏剧出版社1961年版）、手塚英孝《小林多喜二传》（作家出版社1963年版）、山代巴《板车之歌》（作家出版社1962年版）、西野辰吉《晨霜路上》（作家出版社1966年版）、井上靖《天平之甍》（人民文学出版社1963年版）。至于规模颇大的《日本现代短篇小说集》选题，大概就是1980年，外国文学出版社出版的《日本当代小说选》（上下册）的前身（外国文学出版社是人民文学出版社的副牌，专门出版外国近现代文学，成立于1979年6月）。

其中所列作家，中野重治、阿部知二、芹泽光治良等几位，50年过去了，仍无一本正式的专书译介过来。我感到遗憾的是《藏原惟人文学论文集》一书，篇目都定下了，却终究没能出版。藏原惟人的理论底子厚，可惜，从《艺术中的阶级性与民族性》（文之译，上杂出版社1953年版）以降，他的著作就再没翻译出版过了。

手上这批材料据云是郑效洵先生身后散出的。60年代初，郑效洵任人民文学出版社总编室主任，主持外国文学的出版工作。郑先生在草案稿上偶有批注，如在《藏原惟人文学论文集》《宫本显治选集》两条选题下用红笔注明："选目征求意见？本人为日共负责人。"宫本显治倒是没问题，从1958年7月当选为日共中央委员会总书记，之后在任12年。藏原惟人就麻烦一点，1961年7月，他在日共第八次代表大会上被解除了文化部长和《前卫》杂志总编辑职务。这一变故，很可能会影响到选题罢。不过，在1964年和1966年日本共产党第九次和第十次代表大会上，藏原惟人又再次当选为中央政治局委员，并再次出任文化部长。这又是无法逆料的了。不管怎么说，藏原和宫本的文选最终都没出成。如今怕没谁在乎他们的名字了，成为历史之陈迹，势所必至。

《西亚非洲现代文学作品选题计划（草案）》"说明"部分第二条云：

（二）计划中选择介绍的重点，是进步作家的反帝反殖民主义作品（古典作品选题计划另订），但为了团结更多的作家，以及帮助国内读者了解西亚非洲各国的文学发展情况，也适当列入了一些重要作家的、内容并不涉及反帝斗争的作品，如塔哈·胡赛因（阿联、埃及）的《日子》，米哈依尔·努埃梅（黎巴嫩）的《短篇小说集》。另外，也列入了几种白人作家写的、在一定程度上反映了非洲现状的作品，如南非的《插曲》和《让这日子毁灭吧》。

事实证明，这一计划中多数此后都出版了，也许政治上没问题是主要的因素。有些书，出版时名字换了，比如尼日利亚作家阿契贝的《瓦解》（作家出版社1964年版），在选题计划里叫《生活在瓦解》；塞内加尔作家桑贝内·乌斯曼《神的儿女》（作家出版社1964年版），在选题计划里叫《上帝的孩子》。

也有没出版的，如选题第八条："（黎巴嫩）米哈依尔·努埃梅短篇小说集'叙美派'老作家，作品主要反映资本主义社会贫富悬殊的不公平现象。"这位"努埃梅"，现多译为努埃曼，后来有3部作品译为中文，但都是在20世纪80年代后了，而且并没有一本短篇小说集。再如第十七条："（南非）杰拉德·戈登：让这日子毁灭吧（小说）。作者是南非白人，描写南非黑白混种人的悲惨遭遇。"这部小说从未见出版。

《拉丁美洲现代文学作品选题计划（草案）》"说明"部分第二条云：

二、这个选题计划，包括13个国家23位现代作家的24种作品（古典作品选题计划另订）。其中墨西哥2种，危地马拉1种，巴拿马1种，古巴3种，委内瑞拉2种，厄瓜多尔2种，秘鲁2种，玻利维亚1种，巴拉圭1种，智利3种，阿根廷2种，乌拉圭2种，巴西2种。

拉丁美洲的这24种作品，有一部分按计划出版了，比如秘鲁作家塞萨·瓦叶霍"描写美帝垄断企业钨矿公司对秘鲁工人的剥削和压迫"的小说《钨矿》（作家出版社1963年版）、智利诗人聂鲁达"歌颂古巴革命的新诗集”《英雄事业的赞歌》（作家出版社1961年版）。但也有不少是当时并未问世的，比如委内瑞拉作家伽叶古斯（后来改译为加列戈斯）“反映拉丁美洲封建大庄园制度的黑暗”的小说《堂娜芭芭拉》，中译本1979年才由人民文学出版社出版，而危地马拉作家阿斯图里亚斯“讽刺抨击拉丁美洲独裁统治者”的小说《总统先生》则是外国文学出版社于1980年出版的，有可能属于“文革”前就已约稿的那一类。

还有一些从未出版。选题第六条：“（古巴）阿莱霍·卡彭铁（1904— ）诗集。作者系古巴当代著名诗人。”卡彭铁的作品，现在颇受文学爱好者的欢迎，但并没有专门的诗集出版过。选题第十六条是聂鲁达的《平凡的歌》，注明“作者的新诗集”，这本书没有问世。事实上，在《英雄事业的赞歌》之后，聂鲁达作品的译介就停止了，再次出版，已经是80年代初的事。何以如此，下面还会谈到。

## 二

《翻译和出版外国现代政治、学术重要著作选题目录（草案）》这份材料，内涵特别丰富，政治、哲学、经济、历史各类，只能略过不提，专谈文学类。

文学类在此选题目录中占从第二十九页到第三十九页的11页篇幅，涉及书目共83种。其中，苏联哲学研究所和艺术史研究所编著的《马克思列宁主义美学原理》和中国社会科学院文学研究所编《现代美英资产阶级文艺理论文选》两种，在该选题目录中，即标明“已出版”。另外，《加里宁论文学与艺术》《日丹诺夫论文学与艺术》两种，原目录中写的是“已在编译”，而郑效洵先生的批注将之改为“已出版”，实际上，《加里宁论文学与艺术》由人民文学出版社于1962年8月出版，《日丹诺夫论文学与艺术》由人民文学出版社于1959年6月出版，都在选题目录草案封面所题的“1963年1月”之前。可知此目录拟定较早，汇总时没有及时更新相关信息。

除去已出版的4种，所余79种，最终在20世纪60年代成书的极少。舍苏联的文艺论著不论，据我所知，出于资本主义国家评论家之手的著作，只有两种随后得以出版：一是现代文艺理论译丛编辑部编《勒菲弗尔文艺论文选》（作家出版社1965年8月版），一是周煦良等译《托·史·艾略特论文选》（上海文艺出版社1962年1月版）。

这份书单，特别令人兴叹。首先是，拟定选目的人视野极开阔，触觉极敏锐，当时世界文艺思想的重要流派、重要人物，几乎都关注到了。其中有些选题是到80年代才成书的，如《卢卡契文学论文集》（二卷，中国社会科学出版社1981年版）。又如"瑞士学派文学论文选"一条下注明："从下列作者的著作选译：魏尔里：《文艺学概论》。凯塞尔：《语言的艺术作品》（1939年）、《谈人的真实——德国文学中的一个概念的演变》（1957年）。斯达依格：《作为诗人的想象的时间》（1939年）、《十九世纪德国杰作》（1943年）、《诗学的基本概念》（1946年）、《音乐与诗》（1947年）。"我们知道，沃尔夫冈·凯塞尔《语言的艺术作品》中译本是上海译文出版社1984年出版的，而埃米尔·施塔格尔《诗学的基本概念》则是中国社会科学出版社于1992年才翻译出版，距选目拟定之时将近30载矣。

不唯时光蹉跎，兼且令我们彻底失掉了了解一些人物、流派的契机。比如日本的中野重治、野间宏，又如英国的西·台·路易斯、斯悌分·斯本德，到现在也没有一本他们的评论集译介过来。而他们活跃的那个时代又好像一去不返了，这就再没有了译介的理由。这简直是无从弥补的空白。我们今日文艺识见的苍白与贫乏未必不能从这种地方找到原因。

## 三

人民文学出版社的《外国文学编辑部（1964年）6—12月出书计划》共两份，一份显然是待改定的草稿，一份则为增订修正后的改稿。前者称“初步拟订为80种，15,013千字”，后者称“88种，15,348千字”，在数目上有所增加。

出书计划中明确开列了每种书发稿、发排、初校、付型、印装的情况，对了解人民文学出版社当年的出版流程很有帮助。事实证明，有些书的确是按计划出版了，但也有些就延后或干脆不出了。如《日本的黑雾》一书，在计划中写着“6/6发排，初校付型”，并注明“急件书，作者9月来我国访问，8月出”。然而，松本清张这部小说在人民文学出版社的实际出版时间是1965年9月，也就是说，比计划晚了一年才出。检《松本清张全集》后所附年谱，1964年松本清张出国访问，只去了欧洲和中东，并没有到中国来。这或许就是出版推迟的原因了。

至于有些标注着7月、8月、9月发稿的书，就有很多最终未出版的了。如有一本阿尔及利亚的作品，书名叫《尸灰的寂静》，标着“9月发稿”，后面注明“配合亚非会议，11月出”，但其实从未出版。《有吉佐和子小说集》一种，标着“翻译中，拟8月发稿”，并注明“作者拟来华访问”。但这本书当时未问世，1977年人民文学出版社出了一本《有吉佐和子小说选》，很可能用的就是当年的译稿。

在最终未能出版的诸种书中，最令我惋惜的是《德莱登文学论文选》。约翰·德莱登（John Dryden）是17世纪英国著名的诗人、剧作家，也是英国文学批评的开创者。拟目中的《德莱登文学论文选》，字数12万，篇幅不大，但想来也是极珍贵的，因为直到今天，我们仍然没有一本德莱登文学批评的中译本。人民文学出版社曾于1957—1958年间出版《文艺理论译丛》辑刊共6册（后来改名《古典文艺理论译丛》，出至第十一期停刊)，在1958年第四期的《文艺理论译丛》上刊出了德莱登的两篇论文，分别为《悲剧批评的基础》(袁可嘉译)、《英雄诗及诗的自由》(刘若端译)，我猜，拟目中的《德莱登文学论文选》就是打算在此基础上增加若干篇目成书的。

## 四

《人民文学出版社1961—1964年出版外国现代文学情况》，应该是向上级汇报用的材料，工楷复写，但有修改处，第一页右上角有“郑存”字样，是郑效洵先生自留的底稿。

材料开头说：

我社一九六一年至六四年共出版外国古典和现代文学作品146种，其中现代文学作品99种，古典作品47种，外国现代文学占68%。由于国际斗争形势的发展，世界人民反帝反殖民主义革命运动的高涨，上级曾指示我社注意加强亚非拉地区文学的介绍；另一方面，苏联和东欧各国蜕化为修正主义国家，可出的作品越来越少，因此近二三年来介绍亚非拉作品的比重，逐年增加，在四年来介绍外国现代文学作品的99种中，亚非拉各国占69种，苏联东欧27种（大都是六一至六二年间出的)，西欧北美3种。

这段话很能概括60年代前期人民文学出版社的出版气候。

其后，这99种现代文学作品被分为四类排列：

第一类是“思想性、战斗性强的优秀的革命文学作品及密切反映当前国际反美斗争的作品，共10种”，有代表性的如《南方来信》(一、二集)，“从去年5月（指1964年5月——引者按）出版到今年3月，已分别印了1970000册和2100000册”。两种书在不到一年的时间里共印行

400余万册，确实是相当可观的印量。

第二类是“各国革命、进步文学，主要是亚、非、拉民族主义国家和苏联、阿尔巴尼亚、保、匈、越、朝、古巴、蒙、捷等社会主义国家的作品共78种”。

第三类是“为了某种目的的需要而出版，意义不大的作品共10种。如为了支持古巴革命胜利而出版的（智利）聂鲁达的《英雄事业的赞歌》（作者修正主义面目当时尚未暴露）；为配合日本纪念鉴真和尚东渡一千周年而出版的《天平之甍》和‘亚非丛书’中为照顾国别及作家而出的《托康巴耶夫诗集》《深厚的情感》《鬼无鬼岛》等”。聂鲁达1957年访华后即不怿于对毛的个人崇拜，他的“修正主义面目”是早晚要为中国人民所知的罢。《托康巴耶夫诗集》《深厚的情感》分别为苏联和蒙古的作品，而《鬼无鬼岛》是日本作家堀田善卫的小说，印量只有1500册，倒是值得留意的一本小书。

第四类是“出版后发现内容有缺点或错误的作品，计1种，即（古巴）《舟志愿女教师》。原作曾获古巴政府对外联络机关‘美洲之家’小说奖。描写知识分子参加革命队伍，思想得到改造，但有1/3篇幅暴露自己的错误和反动的思想而缺乏批判，已请示改为内部发行（书上不印‘内部发行’字样）”。

是谁在决策出什么、不出什么？或者说，掌握书籍的生杀大权的究竟是哪些人？郑效洵在《翻译和出版外国现代政治、学术重要著作选题目录（草案）》上随手记下的笔记，或许透露出些许消息。郑先生在第二十八页空白处写下“专谈文学（一号下午除外，下周较忙 ［在三至五去津］）”，当是对开会讨论出版选题的备忘，竖着一列列出了参加者姓名：叶、戈、卞之琳、陈、李芒、孙、郑。“叶”也许是叶水夫，“戈”应该是戈宝权，“陈”可能是陈冰夷，“孙”或许是孙用，“郑”应该是郑效洵自己。叶水夫、陈冰夷、郑效洵都是当时主持外国文学译介工作的主事者，戈宝权、卞之琳、李芒、孙用则是外国文学中不同语种的专家。

当然，最大的决定因素，从来不是个人，而是政策，是潮流，是形势。所以不要去责怪那些对好书实施了人工流产的个人，你知道，他们也同样催生过许多好书。面对那些不存在的书，其实没有激烈的怨愤，甚至没有深深的遗憾，只有那么一点儿怅惘，如对一切遥不可及的好物。

原载《读书》2014年第3期

# 我的图书馆漂流小史

胡晓明

禅宗和道家的高人，常说“静默之中有无限的大美”。在图书馆里那无边无际的寂静里，有世界上最美妙的声音，常令人无端地感动。“如果世界上有天堂，那就是图书馆的模样。”我常常想，真正的天堂大概是没有的，然而如果没有体验过精神上贵重的“黄金屋”，心灵上美妙的“颜如玉”，如果没有体验过“洞中方七日，世上已千年”的现代神仙时光，可能此生也算空来人世一遭罢。

所以，我决定收集我的图书馆记忆。重温“那些年，我在过的图书馆”，以报答那“天堂”般的恩典于万一。

## 一

第一个要说到的“图书馆”是北京的柏林寺。那些年，国家专门给研究生一笔考察费用，可以访问名师，可以到图书馆查资料。1984年冬天，我读硕士研究生的第二年，只身往北京访学。由于某种机缘，我深受当时还不大为人所知的熊十力先生《新唯识论》的吸引，此行最重要的目标，即是寻找当时未出版的熊十力在20世纪40年代的著作。在80年代初期，刚刚从思想解放的大浪潮平静下来，我怀着寻访秘籍的狂想，兴冲冲到了北图，然而管理员却告诉我，由于整修的原因，我所需要看的那些书，包括钱穆、牟宗三、唐君毅、方东美、徐复观等的书，以及《学原》《鹅湖》等杂志，现已迁到一个叫柏林寺的地方。我当时一路念着“柏林寺”这个名字，不知不觉的，竟然在冬天里寒风呼啸的京城，有点书剑飘零的陶醉。好不容易找到了坐落于雍和宫东侧的柏林寺。至今已不甚记得，这是清代哪一个皇帝修过的古寺。一间长长的厢房，两面都是宽敞明亮的玻璃窗。噫！气氛出奇地安详、踏实而宁静。有一种后来我在世界上最杰出的图书馆所屡屡遭遇的那种冥想的气息。外面是刺骨的风雪，里头温暖如春。火炉上一只大铁壶总是轻声地“滋滋、滋滋”，冒着热气。开水是免费供应的，中午，我常常就着火炉烤馒头吃，然后直到关门才离去。那阳光的窗，那发黄的书页，尤其是那冒着热气的大铁壶的声音，在寒冷的京城里，显得特别有情有义。记忆中少年时代寒假里的清晨，若醒若梦的睡乡里，也总有一只在火炉上“滋滋”地冒着热气的水壶，而炉边也总是少不了母亲的一纸留言与一碗温热的醪糟鸡蛋。

我惊异地发现，那里的书已经等我很久。柏林寺，那隐身于国子监背后的京城小寺，不啻我的学问生命的一种特殊地缘。这些年，我时时在想，冬天里的柏林寺，一扇扇疏疏地洒入阳光的窗棂，异样隔绝而充实的读书气息，以及那个“滋滋”冒着水汽的大铁壶……还有么?

## 二

1994年秋冬，我在香港中文大学做访问学者。中文大学有三座图书馆，一是在山下，崇基学院的图书馆，长于宗教、艺术与西方文献；一是在半山的中央图书馆，富于当代各种文献；还有一个即是山顶上的钱穆图书馆，以丰富多样的历史人文典籍见长。这三个图书馆都使我十分享受，相对于内地来说，我所感受到的是全新的图书馆理念：所藏即所见，所见即所得，自助的服务，完全的开放。中文大学并没有太多的珍本善本古籍，然而那里极其丰富而优质的中外文期刊，美轮美奂的艺术史图册，令人大开眼界的新近港台文史著述，尤其是厚重珍贵的民国时代的著述，包括我校苏渊雷教授、吕思勉教授、施蛰存教授和钟泰教授等未曾重版的旧书，呵呵，那时教我懂得了原来民国学术的成就绝不可小视。鱼跃鸢飞，深山大泽，新鲜的信息如带着露水的朝花，旧的书籍如秘藏经年的醇酒，在每一个馆，我都充分体验到从未有过的信息富足与自由呼吸，不知不觉地，三个月就过去。

值得一提的是，钱穆图书馆的外部环境，庄严大气。旁边是新亚书院的纪念碑，上面镌刻着每一个新亚书院毕业学生的名字。我后来知道了钱穆图书馆就是在原先的新亚书院的基础上建立的，渐渐知道了新亚书院融入中文大学的挣扎、尊严与悲情，了解了钱宾四、唐君毅诸位新亚前辈如何在“花果飘零”的时代里“灵根自植”，守护人文中国文化尊严的大愿力。我看书累了，就坐在钱穆图书馆的草坪上休息。放眼眺望，脚下是白鸥浩荡，四面是波光粼粼的大海，迎着满怀的海风，心中常有无端的感动。

“这么晚了，那里究竟藏着什么宝呀?”每当我踏着月光，或昏黄的路灯，像一个酒喝得有点微醺的归人，从山间小道下山，隔壁的老李——区域经济学的访问学者，总是用狐疑的眼光，不解地问：“为什么八点钟了，还不下来吃晚饭?”很多人真的不知道，有比饭还香的书香；很多人不知道，越是在图书馆里泡得久了，沉得深了，越是对图书馆有一种不舍的深情。

我今天更清楚地理解了：图书馆不完全是用来被利用的，不单单是用来挖宝的，不全部是用来完成论文与课题的，图书馆的真正、充分意义，有时就是无意义，就是一个享受沉思默想的地方，享受读书乐趣的地方。图书馆当然是启蒙与人生奋斗成功的地方，同时也是不具功利意义的，人生少有的单纯的快乐与纯粹的美感的所在。我有幸领悟了这个意义，那是从香港中文大学图书馆的日子开始的。后来，读小学的儿子，为什么那么酷喜美国一个小市镇安静的图书馆？像鱼儿思念大海那样，每个周末向往着那个图书馆？我从他的身上，重新理解了那种原本是属于孩童时代本真而单纯的喜乐。

## 三

从理论上说，哈佛大学有八十多个图书馆。与中文研究有关的，就有十个左右。在全世界的中文学界，哈佛燕京是一个传奇。记忆中路口有一个报箱，有三份免费的中文报纸供路人取阅；记忆中燕京图书馆门外不远处，总有一个流动的快餐车，有各种诱人的西式饼食或面食，在那里用餐，可以节省好多时间；记忆中燕京图书馆的两台扫描机，总是有人，来自大陆的博士生与教授，在那里尽情地、排队地扫描图书，大家谑称为“扫书”；记忆中善本书库的沈津先生，永远是那样忠于职守，取书、理书，对着一个屏幕，观看着善本室里的种种情况。——天哪！他那五百多万字的“老蠹鱼”笔记，竟然是晚上熬夜写成的。有一次我调阅明代一本关于西湖的旅游指南，他有点好奇地问我为什么要借这本书，而我的回答有点让他失望。等我归还的时候，他才给我一份复印文章，原来是他几年前撰写的一篇有关这部古籍的书评。休息时往沈津先生的小屋里聊聊天，除了会学到很多东西之外，还可以欣赏他的精气神，譬如，他会翻开桌子上大部头的这本书、那本书，指天画地、口无遮拦地说：“你说这也算是写提要?”“哎，书都没有看到，好意思这样写?”“我给他打电话的，不能这样写文章的!”世风已变，然而沈先生还是那烂柯山上的观棋人。如果说图书馆的魅力还有一大半在图书馆人身上，那么，古风古意的沈先生，也正是哈佛燕京一道美妙的风景呢！

呵呵，到过燕京图书馆，是真的大可用来炫耀一番的！走遍全世界，凡有古籍的地方，都知道燕京图书馆的方便与美富。除了善本书库，哈佛燕京图书馆给我留下最深印象的是最底层的亚洲汉籍。如同古代侠客的深山寻觅宝典，真的要通过一条只容一人侧身而下的旋转楼梯，才能到达那个密室！我不知道这个设计是出于什么样的灵感。这里无疑是哈佛燕京的最有特点的特藏，包括了越南、日本、韩国在内的大量汉籍。尤其是韩国出版的中文著作，约有四千多部，内容涉及经史子集，一个馆的收藏，比整个中国大陆和台湾地区加起来还要多两倍。在那里浸泡几天下来，千年前世界汉字文化圈的伟大、辉煌与深不可测，真的可以感受到一点了。马一浮先生有一副写图书馆的诗联“灵山咫尺能相见，玉海千寻不可量”放在这里，真恰当得很。

与在哈佛燕京泡过的学人一样，我也在那里练就了大规模古籍拍照的本领。燕京图书馆借书，几乎是无限量的。说来有些唐突风雅，我常常用一个黑色拉杆箱去借阅古籍，不到一个星期，就全部拍照完成了。我利用这批汉籍，写成了《略说海外汉籍中的江南认同》《偶像破坏时代的江南意象：哈佛燕京所见日本近代江南纪游诗四种略述》等论文，并且校正过大陆有关日本汉籍最新出版物的失误。

我在燕京寻宝的故事说不完。其中令人感慨的是竟然找到我二十一年前的一本小书，名为《余心有寄》的台湾版本，而我自己竟然完全不知道。就像一个失散多年的孩子偶然相见，尽管只是暂时的重逢，抚卷久之不舍归还。我回国后透过孔夫子旧书网居然从台湾淘到了一本，有一种人各千里、失而复得的歆幸。

## 四

5月里的温哥华是一个芳菲的城市，最忘不了与钟锦兄一起全城访旧书，满地的樱花飞舞，追逐着我们收获甚丰的“香车”。此外，常乘Skytran转巴士往哥伦比亚大学（UBC）亚洲图书馆看书。图书馆的前面有“仁义礼智信”五块大碑。最令人难以忘怀的是二楼那个自然采光的天井式天花板，自然光透过一个圆锥形的天窗洒在桌子上，有一种引领人向着光明上升的崇高美感。

在那里看到了久负盛名的蒲阪藏书，一本红色的目录，著录了堪称北美最卓越之中文古典学书目。我在那里面找到了一些《文选》的版本，如果要做文选学研究，其中不少批注本很有价值。那里的拍照也是完全免费的。但是随心所欲地调阅古籍已经渐渐成为一件十分奢侈的事情，因为，不仅是亚洲图书馆，整个UBC的图书馆都面临一场深刻改变：图书馆不再是一个藏书的地方，而是一个享受学习的地方，书的空间要让出来，吸引更多的学生到这里来思考、讨论、写作或冥想。我遇到一位聘自大陆某高校的古籍整理学者，她正在为亚洲图书馆的古籍打包。“他们要把这些书送到很远的地方去，为了腾出更多的空间给学生。”“有些汉学教授也抱怨：这样一来加拿大最富的古籍收藏馆，将失去它最迷人的传统。”但新空间新价值兴起了，图书馆的变化毕竟适应了现代学生的需求。

每一本书的背后，其实都是幅活的生命，活的人格。读其书，想见其为人，是中国阅读学的一个传统。图书馆提供一些工作室给著名学人使用，无疑能提升图书馆的品位；增加图书馆的内涵。因而对我来说，亚洲图书馆的一个亮点，就是可以经常碰到叶嘉莹教授这样的老师。叶老师风雨无阻，每天准时到图书馆来看书写作。好几回，我看见她缓缓地走过很宽阔的书库，在寂寞无人的书架间穿行，走到她的小房间去。

她那每天准时有规律的到来，那清癯、宁静、执着而不停息的神情步态，在巨大而静默的书架衬托下，给我一种很深切的印象。

我们也会偶尔与叶老师聚聚。有一次还是乘她的车，半途中还停下来到眼镜店，大家一起帮她确定哪一种镜框比较好。在那次席间，她出示了先师在30年前赠送给她的著作。也是那次，她慎重推荐了她的学生，一个诗书画俱佳的北方才女，报读我的博士研究生。

既有人书俱老、人情温厚的旧时月色，也有新新不已、锐意开拓的现代创造，这就是UBC亚洲图书馆给我的印象，同时也是当代图书馆面临的最前沿的战略挑战。

## 五

台湾“中央大学”图书馆的馆长是一个诗人型的学者：研究台湾文学的李瑞腾教授。他特别有想象力，特别有花样，将图书馆经营成了一个诗意盎然的地方。印象深的是那个图书馆的门厅：总有宝岛特有的鲜花与绿色植物；与此相映成趣，在咨询台里，有一位美丽热情，总有着灿烂笑容的馆员，回答你的问题时使你感觉到自己正在成为一个嘉宾，也让你感觉到她永远清新得像一个新员工；而她身旁的几位年轻的义工或工读生，总有她的影子在，也那样生气勃勃、富于感染力。我想，图书馆的门厅咨询台其实是图书馆的眼睛：如果咨询台没有人，总感觉到二目无光；如果咨询台人气十足、主动接待，好比一个人用热情的眼睛看着你。此外，大厅的中央总有变换着各种花样的主题书展，使我不费力气，即能了解到汉语世界某一个专题的纵深书写谱系：从台湾某山的魅力，到意大利某水的风情；从抗战将领诗词，到文学与治疗的关系；从爱情哲学，到音乐叙事……主题书展把那么多相同主题的书聚集在一处，书与书之间会产生奇妙的联系，就像韩信点兵，衰兵败将也面目为之一振。门厅另一个迷人之处是新书架，在不大的一两个架子上，专门陈列近到新书，随意翻阅，手感温洁，纸墨犹香，而且旁边有舒适的沙发，使图书馆兼具成品书店的魅力，教人每天都想进去逛一下。还有“中大书架”“教授书画展”“签名售书”“二手书捐赠”……一到节日，门厅就像学校的大客厅，富于各种节日独特的氛围，小礼品、海报、义卖活动、抽奖、春联书写……在“中央大学”，再也没有第二个地方像图书馆的门厅这样表情生动、身姿活泼，这样充满了浓郁的人情味、书香味和小布尔乔亚式风情的地方了。当我离开“中央大学”的那天清晨，北风呼啸，学校已经放寒假，图书馆还没有开门，我把一本本的书，陆续放进门口的自动还书箱，听着“咚——咚——”声响，好像我心里头某些重要的部分，也留在这个图书馆里。

## 六

我的图书馆漂流小史，当然不会忘记华东师范大学图书馆。读博士的日子里，最初的兴奋是自己出示一下博士研究生的证件，就可以堂而皇之地拿着一块磨得玉润光滑的木板，屏神静气地在森林般的书架之间寻访，好像是带着皇帝的墨敕点兵点将的钦差大臣。留校后多少炎热暑假的日子里，图书馆的古籍部成为我消夏的好去处，在那里完成了有关近代上海诗学编年的著作。忘不了当我远在异国他乡，居然可以凭着一行电邮，轻易便捷地得到图书馆咨询部馆员的耐心解答与帮助，也可以通过校外访问，轻松快捷地调取基本古籍数据库里有用的资料，使我对我们图书馆电话与电邮背后那些默默奉献、不求闻达、不计功利的老师，以及对所有细心帮助过我的图书馆馆员，包括北美的沈津老师、法兰西汉学研究所图书馆的岑女士、台湾“中央大学”图书馆不知名的美女馆员……心存敬意，什么时候真想当面向他（她）们说一声：谢谢您！

当越来越多的电子书籍、网络互动、线上阅读，正在深刻改变人们的阅读习惯，正在抹平书与书的差异、摧毁每一本书特有的神情、个性、灵韵与气息，正在越来越将人与人隔离、人与书隔离、人与图书馆隔离，正在深刻改变着图书馆的面貌，将图书馆引入一个未知的时代，我们会越来越怀念在图书馆的那些简单而安静的岁月，我们会越来越回归一个原初的记忆：图书馆原来是一些伟大的灵魂相聚的地方，多少世纪以来，他们在书的森林里低语，静心谛听，我们听得见他们交谈，甚至，接收到传给我们的独特信息。

原载《文汇报》2014年1月1日

# 法国大革命前的畅销禁书

施京吾

作为读者，总难免有几次难忘的阅读经历。我印象深刻的是读帕斯卡尔的《致外省人信札》，以致欢乐到前仰后合，好几次差点人仰马翻。若不是对那个时代的教派冲突了解不深，我觉得自己也一定能照猫画虎地写一篇既快乐又内涵的随笔。

几年之后，又拥有了一次愉悦的收获，这是一件很惬意的事——《法国大革命前的畅销禁书》是一部十分好玩、妙趣横生的历史著作，作者是美国历史学家罗伯特·达恩顿，数年前我还读过他的另一部代表作《启蒙运动的生意》，堪称后现代史学杰作。

《法国大革命前的畅销禁书》，顾名思义，是对大革命前夕流布于法国畅销禁书的介绍，作者通过检阅法国东部与瑞士边境接壤的纳沙泰尔出版社非常详尽的历史资料，重新勾画了18世纪中晚期法国流行作品的状况，而这些作品的流行，又是与法国大革命紧密联系在一起的。在阅读该著过程中，使我对大革命的发生又有了进一步理解，并且更加坚定我的一贯态度——革命，在法国是一场不可避免的政治选择。

法国人究竟如何获得思想启蒙的？启蒙思想家的作品并不是唯一的思想源泉，更广大的读者们是通过一些通俗的，带有色情、虚构、诽谤性质的大众读物中得到新的知识以及对波旁王朝的重新定位，这些通俗作品对法国封建制度和深厚的基督教传统产生了强烈解构作用，瓦解了王朝的合法性。这使我想起曾经流行过的中国作家王朔，他的作品也具有嬉笑怒骂、一泻千里的快意。遗憾的是，王朔的作品固然具有解构性，在思想的展示上却显得力不从心，他解构了崇高，却无法提供另一种思考范式，所以有卫道的读者们称其为“痞子文学”。让一个作家提供一套未来世界的图景，这个要求或许太高，问题在于，像王朔这样具有解构意味的作家寥若晨星，不成气候。王朔是乏力的，仅有王朔也是乏力的。更何况，在现代传媒世界里，文学早已卸下了教化、启蒙的盔甲。我们只好哀叹生不逢时。

在法国，我们已经知道了一连串灿若繁星的启蒙思想家，现在，我们又知道一连串灿若繁星的“非主流”启蒙思想家。这批非主流作家，将新思想的阐释、对未来社会的期许和对现实社会的恶毒批判，统统都糅合在情色、乌托邦和政治诽谤作品中。比方情色作品，如果剔除其中的情色描写，可能就是一篇优秀的政论文，而剔除其中理论阐述，又是不折不扣的色情文学。这群非主流作家，以在他们那个时代不可多得的笔力，编织成蔚为大观的法国大革命前的畅销禁书。

## 一、法国大革命的思想根源

提起法国大革命的思想根源，我们会不约而同地将眼光转向启蒙运动时期的法国思想家群体。确实，这一时期的法国作家思想家巨匠辈出、繁花似锦，仅伏尔泰一人所贡献的大量作品，几乎囊括那个时代人文作品的主要类型：哲学、戏剧、小说、诗歌、史学，而在文学地位上更高的就是那位颇不招人待见的让-雅克·卢梭，他的小说《新爱洛伊丝》《爱弥儿》《忏悔录》，每一部都是经典，甚至，我想不出他的哪部作品游离于经典著作之外，在世界文学史上能与之匹敌者无多。

1910年，有位叫丹尼尔·莫奈的历史学家，曾经清点了18世纪私人藏书拍卖目录收集汇总，在两万册的图书目录中，他惊讶地发现，卢梭的《社会契约论》仅有一册。《社会契约论》不是被供奉为法国大革命的“圣经”么？仅仅一册的数量，与该著所拥有的声誉极不相称，这就引出一个重要问题：卢梭或卢梭的著作与法国大革命究竟是何种关系？卢梭之于法国大革命，他的地位、作用和影响是否被严重高估？

达恩顿指出，丹尼尔·莫奈的结论存在一些问题：一、由于他的统计年限问题，当时卢梭的著作刚刚出版，而《社会契约论》和《爱弥儿》的通俗本是毋庸置疑的畅销书。二、莫奈所统计书目并不代表普遍的藏书类型。换言之，卢梭还是那个卢梭，尽管他依然不太招人待见。这里，请允许我友好地提醒一下读者，丹尼尔·莫奈的《法国革命的思想根源》中译本已由上海三联书店出版（此版本将作者名译为达尼埃尔·莫尔内，黄艳红译），希望读者在阅读这部颇为厚重的著作时，对此问题予以注意。

尽管莫奈的结论与事实有些偏离，他的研究还是带来了一个新视野：在启蒙思想家的著作以外，还存在着大量的、很少为现在读者所知的作品——非法出版物。这些当年的违禁作品几乎囊括了被“认定为法国大革命思想根源的作品”。当年的书报检查官兰姆瓦农·德·马尔舍说：要禁止这类作品几乎不可能，而且“只读政府正式批准出版的书籍，会比同时代人落后几乎一个世纪”。

这位书报检查官颇为开明，他没有鞠躬尽瘁地为虎作伥，反而利用“制度漏洞”为一些“非法但无害作品的传播提供方便，使其免受法律制裁”。在18世纪法国，企图合法地出版一部作品手续非常复杂，要经过报刊审查、警察和垄断行会多个部门的一道道关卡，才能盖上皇家特许印和得到图书审查合格证，然后将特许印和合格证双双印在书的封面或封底。因此，这些违禁作品纷纷跑到国外出版，在法国周围驻扎着几十家出版社，专门从事非法出版物，纳沙泰尔是最著名的出版社之一。这些出版物数量巨大，书报检查官们也只得睁只眼闭只眼地将它们分为默许出版、警方允许出版、可容忍出版几个不同等级。由于政府无力做到查禁所有非法出版物，也只集中力量对付其中最极端的一类：这类图书的合法性最低，完全非法，极端违规、超越法律。

同时为表明书报审查工作也是卓有成效的，警察手里掌握着一份“坏书”的名单：由国王的顾问制定定罪理由，主教们对坏书进行谴责，官方打手们负责在巴黎地方法院的台阶上举行盛大仪式撕毁或焚烧这些违禁作品。不过，统计表明，在18世纪七八十年代，平均每年只有四部半作品和小册子被没收，一共也只公开焚毁了其中的十九部，这个数字与大量的非法出版物相比，简直就是九牛一毛——这不是长官们心慈手软，而是他们知道，不论公开焚毁哪一部作品，都会立刻把它们变为畅销书。焚毁作品所起到的实际效果只会给违禁作品做一次极为有效的免费广告，简直就是唯恐天下不知。

销售非法作品自然是有风险的，或者被收缴，或者书商被监禁，如兰斯一位叫马丁-休伯特·卡金的书商，1776年被警察查获了价值六千镑的违禁图书，他还被抓进巴士底狱关了六周。为躲避牢狱之灾，书商们无不各显神通，想方设法逃避被查禁的下场，他们给这些违禁作品起了一个高端大气上档次的名字：“哲学书”，以掩人耳目。我们在阅读18世纪有关法国文本时，遇到“哲学书”这样字眼时，千万要多长个心眼——它是不是违禁作品的隐语？这些哲学书自然包括部分哲学著作，如霍尔巴赫的《自然体系》、伏尔泰的《哲学辞典》，但绝大多数作品与“哲学”并无关联，至多阐述了某些“哲理”罢了。

这些作品分为几类，其中一类是色情文学。令人意想不到的是，

“伏尔泰主义”竟然是现代色情文学的鼻祖，他在各类作品中经常竭尽全力插科打诨、冷嘲热讽。他下笔大胆，将中世纪以来的各种笑料、黄色笑话、隐语、暗语熔于一炉，时常以一种十分下流的方式攻击教权。以伏尔泰为代表的这类作品，在“哲学书”中比比皆是。另外还有纯哲学或理论专著和一般哲学著作。

还有一个重要类别的作品是政治类，这一类著作的范围广泛。由于旧制度对“政治”一词定位比较模糊，许多无法归类的作品统统划入了这一类，它包括关于政治事件、政治人物的专题，进行政治诽谤、专门揭露政治丑闻，等等。其中有一些书籍，按现在的分类是应该划入新闻类的，但在法国，这个最早出现现代“报纸”样式的国家，在旧制度下，竟然没有“报纸”——法国政府严厉禁止现代报纸的出现，允许开办的仅有《法兰西报》这种只允许刊登官方信息的官方报纸。在思想禁锢方面，法国要比英国、荷兰、德国等国家严苛得多。

## 二、激烈的市场竞争

兜售违禁作品可以带来巨大利润，书商们在设法躲避审查的同时又不惜铤而走险，纷纷加入这一大军。这使得书商与书商之间的竞争十分激烈。

在法国南部有一个叫蒙彼利埃的城市，有大约三万一千人，城市虽小，文化机构齐全，拥有一座总教堂，四所牧师大会堂，十六所修道院，二所大型小学，一所王家中学，一所大学，一所王家科学院，一所音乐学院，一座市立歌剧院和共济会的十二处分会，此外还有政府机构和一定的工业，因此该城的图书交易十分活跃。

蒙彼利埃有两家垄断性书商、两家中等书商和三家小型书商，平均四千四百多人就拥有一个书商，这使得书商与书商之间的竞争异常激烈。

这两家垄断性书商，一位叫李古德，另一个是彭斯联合公司。这位李古德先生不仅卖书，自己还出版图书，批零兼营。他行事稳当，精明强干，从不做没有把握的事情，同时他还是讨价还价的高手，出版社对他很放心，因为他从不欺骗，也从不拖欠货款。

李古德在竞争中下手一点也不留情。同城有位叫西扎里的中等书商，因资金周转不灵，欠下出版社一笔款项，西扎里希望能延期付款给债权人，但李古德却暗中使坏，怂恿出版社拒绝了这一要求，他还召来一批警察，没收了西扎里的一批畅销书，西扎里因此蹲了一段时间的监狱。在拍卖西扎里的资产清偿债务时，李古德又竭尽全力，通过种种手段迫使西扎里破产，虽然没有立即达到这一目的，但西扎里也没有坚持多久，最终还是以破产收场。

李古德除了挤垮了竞争对手西扎里，还挤垮了另一对手亚布拉罕·冯塔尼。冯塔尼于1772年购买了“图书交易执照”，跨入书商行列，但他对业务并不熟练，生意不是很好，于是他另辟蹊径，在经营图书买卖的同时办起了一间阅览室，读者通过交纳订阅费就可以读到自己需要的书目。经过努力，冯塔尼在18世纪70年代获得了良好收益。为限制这个竞争对手的扩张对自己构成威胁，李古德暗中通过种种手段阻挠他发财。冯塔尼恨恨地写道：“我的图书生意正在扩大，因为这里只剩下我和李古德先生了。其他人似乎都放弃了。不过，这也让李古德更嫉妒，他想把生意全部霸为己有，所以每天看我都不顺眼。”

虽然冯塔尼的生意做得不错，还是没有发达到不可动摇的地步，比如他就没有能力支付六笔四开本《百科全书》的订金，而李古德却能轻而易举地付清一百四十六笔订金，可见两人之间差距巨大。后来冯塔尼大病一场，生意每况愈下，以致无法偿清拖欠出版社的债务，不得已，冯塔尼逃跑了，始终无人知道他的下落。

从李古德对付竞争对手的手段上，可见早期资本主义竞争的残酷性，无序且不择手段。不过也与李古德本人在生意上的稳健态度和卓越的判断力有关，当他听说卢梭正在撰写《忏悔录》时，就立刻认定此书将成为畅销书；卢梭去世后，他又担心市场上将掀起一股卢梭热，这将导致卢梭作品的泛滥。李古德的稳健经营和精明狡狯，给他带来了超额利润。

## 三、违禁作品的主要类型

《法国大革命前的畅销禁书》的作者罗伯特·达恩顿坦陈，他得到的书目排行榜主要在18世纪中晚期，也不能完全反映违禁作品的全貌，如卢梭的《爱弥儿》，既违禁又畅销，却因为在市场上达到饱和程度，在畅销禁书榜排名并不靠前，而卢梭的《新爱洛伊丝》也同样畅销，又因为不是禁书，禁书榜也无法显示实际位置。

虽然畅销禁书榜有欠缺处，但大体还是反映了那个时代读者们的阅读趣味——在伏尔泰、卢梭、爱尔维修等这些大名鼎鼎的启蒙思想家以外，还有一大批为我们今天所不熟悉的“违禁作家”群体，这意味着对启蒙运动和启蒙思想的传播路径、接受方式的考察视野要进行拓展——有相当多的法国人并非直接从伏尔泰、卢梭们那儿接受的启蒙思想，而是从另外一批作家所创作的另外一种形式的作品中接受启蒙思想的。这些作品中有相当部分非但水平不高，格调低下，简直就是诲淫诲盗，通篇造谣，用“荒诞”“下流”之类的词形容一点也不过分，但这些作品却共同拥有一个优雅的名称——哲学书，而且对大革命产生了巨大的推力。

现在的问题是，这究竟是一些什么样的书？

按照旧制度对违禁书籍的分类，它们被分为反教会、反政府和反道德三类，按照作品所表达的内容具有三大类型：富于哲理的色情文学，具有浓厚期许色彩的乌托邦文学和以假乱真的政治诽谤书。

1. 富于哲理的色情文学

启蒙运动之前，法国有过两次色情文学高潮，一次在17世纪中期至中晚期，拥有《女子学校》《太太学堂》《修道院的维纳斯》等作品；到1741年出现了第二波浪潮，当年出版了《炉边的彩色长沙发》《骗术》《沙特鲁堡守门人……艳史》，随后即有大量色情作品问世，包括狄德罗的《不合适的首饰》、伏尔泰的《蒲塞尔》等，1748年又出版了据称可能是阿斯根侯爵所著的《开放的特丽萨》。此后，经过短暂的沉寂，到18世纪中晚期又出现了第三次浪潮，出版了《圣经之误》《我的皈依，我的个体释放》《劳丽的培养》等作品，这些书名看起来就具有色情意味，最后以萨德侯爵的作品结束了这一世纪。有不少中国观众都知道意大利导演皮尔·保罗·帕索里尼拍摄的电影《索多玛120天》，此片就是根据萨德侯爵所著小说《索多玛的一百二十天或放纵学校》改编拍摄而成的。不过萨德的作品均出现在法国大革命前后不久，与这份畅销禁书榜无关。

在“富于哲理的色情文学”中，被认为“最重要、最出色”的是1748年出版的《开放的特丽萨》，尤为巧合的是，该书出版时正是启蒙运动进入高潮阶段，在1748年到1751年间，启蒙运动最重要的思想家们连续出版了孟德斯鸠的《论法的精神》（在《法国大革命前的畅销禁书》中译为《法意》）、狄德罗的《盲人通信》、卢梭的《论科学与艺术》、伏尔泰的《路易十四时代》，同时也是《百科全书》开始出版的年代，研究法国革命史的学者，无人不知这个年代的重要性。《开放的特丽萨》的出版，达恩顿称它为“自由思想在两条战线上的拼斗”。形容这种放荡文学，有个很恰如其分的说法叫“用手阅读”，可见其淫秽程度，是“挑战宗教教义以及性道德习俗的自由思想、自由生活的结合体”。

《开放的特丽萨》还有个名字叫《狄亚格神父与爱雅蒂丝小姐情史

之回忆》。小说以在土伦发生的一起真实事件为噱头：一位妙龄美人凯瑟琳-卡迪埃尔控告她的忏悔神父、土伦皇家海军神学耶稣会教区长让-巴蒂斯塔·吉拉尔德神父，利用心灵导师的身份诱惑她。不过，小说的情节是完全虚构的。

小说的梗概是女主人公特丽萨如何由一个无知少女甘愿成为她称之为“我亲爱的伯爵”情人的。小说分为四个部分：1. 她的年轻时代和狄亚格事件；2. 在C小姐和T神父的伴随下，她初次接触哲学；3. 在与巴黎退休妓女布瓦-劳丽儿对话中获得多形态性行为教育；4. 成为伯爵的情妇，特丽萨的性欲与哲学的全面成熟。这四个过程构成了特丽萨由少女变成荡妇的成长史。小说以第一人称“我”——也就是特丽萨向伯爵讲述故事的方式展开，她所叙述的第一个故事就是闺蜜爱雅蒂丝与神父狄亚格的偷情过程。

爱雅蒂丝有着圣洁的信仰，神父狄亚格利用这点，建议她“使用以惩罚肉体解放灵魂的原则为基础的精神训练法”来升华自己的信仰。爱雅蒂丝为了证明自己达到了这一高度，便邀请特丽萨藏在壁橱里偷窥，以验证其真实性。在行淫过程中，神父狄亚格以宣教为借口进而达到宣淫的目的。

这里摘录小说的两个片断以观其色情与哲理的交融。第一个片断是关于色情描述的，是特丽萨在偷窥时的所见所闻，肯定属于典型的色情描写。但我们来看一段特丽萨的思考，又哪里有一点点色情的味道？深邃到简直如同哲学家的思想：

要坚持认为此人是自由的，人民必须假定他有能力自主。但是，如果反之，他受自然本能和自己感官在他身上注入不同程度的情欲的左右，他便不自由。……再者，如果我们无思想自由，由于思想是因，而行动是果，我们怎么会有行动自由呢？难道“不自由”动机会导致“自由”的结果吗？这里存在着矛盾。

小说在宣教中宣淫，在宣淫中宣教，将宣淫与宣教熔于一炉，狄亚格披着神父外衣，干着色狼勾当，教会的丑恶面目一览无余。

读到这里，我突然感觉到类似场景好像似曾相识，努力回想了一下，原来在中国的传统小说里有过大量的这种创作手法，典型的就是冯梦龙和凌蒙初的“三言二拍”，相比之下，比《开放的特丽萨》在性描述上更加露骨，对僧侣的攻击更不含蓄。但区别还是有的，就是佛教在中国从来没有取得如基督教在西方那样的统治地位，攻击看似凌厉，却因对手并不足够强大，又显得软绵无力，不免凌空虚蹈。所以，尽管“三言二拍”也比较客观地反映了那个时代的生活状况，却很难说对社会的改变起到什么作用。

2. 带有期许色彩的乌托邦小说

我读过不少关于“乌托邦”的作品，如托马斯·莫尔的《乌托邦》、康帕内拉的《太阳城》、幸德秋水的《社会主义神髓》，等等，个人的阅读感受是，对乌托邦作品基本没有好印象。但在畅销禁书榜高居前列的就有一部《2440年》，在我看来，这部小说在乌托邦作品中也属于比较一般的一部。

读者看到《2440年：一个梦想，假如梦想不虚》这个书名，不免会想到这是描述2440年法国未来故事的书籍。确实如此，作者叫路易-塞巴斯蒂安·摩西厄，此书出版于1771年，此后至少发行了二十五版，成为超级畅销书，它被称为属于“卢梭主义”的，也即，在卢梭之前的启蒙著作还属于小圈子作品，而卢梭对文体的开发，使文字——文学的功能一下得到了拓展，由主人公们的自言自语变成了与读者间具有了情感、心灵的关联性交流，使读者忘记自己在阅读文学作品，而是在阅读生命——但以今天读者的眼光来看，此种文学形式未免显得有点矫揉造作，显得过于煽情。当时的读者却对此感到十分新鲜，很好奇。

乌托邦作品的一大特点是，一本正经地讲述一件不存在的故事，虽然故事是虚构的，但内容既不悬疑也不科幻，情节也不复杂。即便如此，我还是觉得《2440年》作者的想象力未免太过贫乏。所谓的“2440年”，也就是1771年法国巴黎的纯洁版。不过，贫乏的想象力还是带来了意外的好处，不论是莫尔的《乌托邦》还是康帕内拉的《太阳城》，都无原型可依，完全是作者杜撰出来的产物，但这位摩西厄，甚至连杜撰场景的脑力都免了，他笔下2440年的巴黎，纯粹是1771年巴黎的素描，这使得读者反而有身临其境之感，达恩顿说这是他推销自己作品的策略：“假如想要了解法国大革命前夜的巴黎看起来怎样、听起来怎样、味道怎样、感觉怎样，没有比摩西厄更好的作家可供咨询了。”

小说情节简单，主人公无名氏——其实是作者自身的影像，一觉醒来，发现自己已经穿越到了2440年，一位热心的古董商带着他游历了全城，一路给主人公介绍他在2440年巴黎的所见所闻。然后主人公一觉醒来，又回到了现实。

在书中，摩西厄采用了三种技法：具体描述，使文本看起来近似于报告文学，增加了内容的可信度；详尽脚注，正文详述未来，注释返回现实，形成明显对照；卢梭式文体风格，用以激发读者的道德义愤。

摩西厄的《2440年》是一个场景依旧，但已经完全消除了弊端的法国：正义祠取代旧议会大厦，都会饭店得到改造，道德启蒙宾馆代替上帝饭店，巴士底狱已不复存在，在旧址上新建一所仁爱祠。2440年的巴黎贫困彻底消失，健康得到保障，极少有犯罪现象，形而上学和神学教育被应用科学和公民学取代，与此同时，法国所有的修士、神甫、娼妓、乞丐、舞蹈教师、面点师、常备军、奴隶、任意拘捕等一切被认为腐朽的、维护王朝利益的现象和机构也通通消失，小说以“乌托邦”形式构成对旧制度的全面控诉。

虽然控诉强烈，但相比其他乌托邦作品又呈现出相当程度的保守主义色彩：只反昏君，期盼明君。与伏尔泰写作《路易十四时代》将法国雄壮形象定位于路易十四不一样，摩西厄的明君形象是亨利四世，因此，孩子的牧师带领孩子观看歌颂亨利四世的喜剧，巴黎的新大桥被命名为亨利四世大桥，2440年的法国也被称为亨利四世第二，本质上，摩西厄依然是一位君主主义者。于是，当主人公在旅店里遇到一位乐善好施的店主，每天安放三台饭桌：一台自己及家人使用，一台供生客用，还有一台专为贫困之人而设。而店主正是王子。在描述王子的简朴生活之后，作者加了一条注释："我曾见一位国王临幸王子的宫殿，他穿过宽阔的庭院，那里挤满了不幸的人，他们声音微弱地呼唤着：'给我一块面包吧。'国王毫不理会地走过庭院，和王子一道坐下来享用耗资几近百万的盛宴。"未来与现实中的法国形成显而易见的对照。

启蒙时代的作品中攻击教会的现象比比皆是，《2440年》也同样乐不知疲地攻击教会，直接挑战了"天主教精神的合法性"。

尽管《2440年》的总体水平不高，但还是出现了我们今天不太能够接受的观点，摩西厄的乌托邦社会完全处于透明状态，公民们在相互观察对方是否有不符合道德的行为，有密探、有道德检察员在始终监督着公民们的行动，这和其他乌托邦作品所展现的内容颇有几分相似。这也是我对乌托邦作品始终保持警惕、不怀好意的一个重要原因。

总之，通过一个纯洁的未来世界与一个充满污秽的现实世界之间的强烈对照，波旁王朝的合法性由此得到消解。

3. 以假乱真的政治诽谤

对波旁王朝攻击最直接、最赤裸也是最不留情的违禁作品就是这类政治诽谤。前两者，思想的传播还需以情色为媒介，对现实的批判也得借助于对未来的期许，而政治诽谤完全不讲情面，从书名《杜巴利伯爵夫人轶事》即可看出：这是指名道姓的政治攻击。

说起杜巴利夫人，在当时法国可谓家喻户晓，她是路易十五的第二个情妇，路易十五对她异常宠爱，甚至允许她干预国家事务。路易十五的声色犬马和杜巴利夫人的飞扬跋扈绝对是提供政治诽谤的上等材料。于是，这位可能是马修–弗朗索瓦·皮当萨·德·麦罗伯特的作者展开了自己想象的翅膀，为读者构造出杜巴利夫人放荡不堪的人生。

虽然是诽谤作品，但越逼真杀伤力就越大。作者在正文之前写了一个引言，自我标榜是如何“坚持史学家审慎原则”的：“这部作品很全面地叙述了杜巴利伯爵夫人的一生，但是作者选择了比较适度的‘轶事’书名……不宜凭空假设我们在广泛采集信息资料过程中勉强凑集了有关这位交际花的种种逸事奇闻……这方面，我们坚持了史学家的审慎原则”。看上去既谦逊又真诚。

故事大致是这样的。

作者首先佯装愤怒地指出，杜巴利夫人的出身并非谣传的那样，是一位流浪修士与厨娘偷情的结果，因此她不是来自社会下层的私生子。但作者也承认她的出身背景不详，据悉是一位税务监察官的女儿。她1744年出生时候的名字叫曼侬，曼侬的教父更是财政部的高官比拉德·杜芒库。

若干年后，曼侬的父亲死亡，于是母亲带着她投奔教父杜芒库。这时，曼侬已出落成亭亭玉立的小美人，这引起了杜芒库的兴趣，他慷慨解囊，让曼侬接受初等教育。到1760年，已经十六岁的曼侬被安排到一家服装店当店员，但这个职业“其实不亚于让她街头卖笑”。她母亲将女儿的名字由曼侬改为兰松。

兰松很喜欢服装店的工作，因为可以使这位少女随时随地地花枝招展，只不过这家服装店卖出的服装有点另类，时常要“谙合女性客户的情欲”。一位叫果丹的老鸨听说有这么位妙人儿，想方设法勾引了兰松——为了增加可信度，这里是以果丹亲笔回忆的形式，叙述如何把兰松带进勾栏生活的。兰松果然心有灵犀，在果丹的调教下很快成为床上高手。从此，兰松过上了放浪而混乱的生活，并几度改名换姓，直到认识一位叫让·杜·杜巴利自称伯爵的冒险家。

这位杜巴利先生交际很广，他与国王最信任的侍从勒贝尔关系不错，勒贝尔的工作就是为国王挑选床伴。于是，杜巴利先生就将兰松举荐给了勒贝尔——此时经过多次更名的兰松已经叫安格小姐。为了设法使安格小姐成为国王的正式情妇，杜巴利谎称安格小姐是自己的弟媳。从此，这个叫曼侬、这个叫兰松、这个叫安格小姐的女人正式改称杜巴利夫人，而且还拥有了"伯爵"封号的名头。

杜巴利夫人"热情奔放、坦率、生气勃勃，又师从淫荡技艺登峰造极之徒"，她很快战胜了所有女人，她用娴熟的床上技艺征服了国王，国王在她身上体会到了"全新的不可名状的快感"，一位公爵对国王一本正经地解释了杜巴利夫人高超的床上功夫："陛下，那是因为您从来没有逛过妓院。"读到这里，我差点没把茶水喷到书上。

后来的故事则将历史结合在了一起，为剪除政治对手，杜巴利夫人既操纵政治也被政治利用，而国王——路易十五常常在朝廷面对朝臣张着大嘴说不出话的情节，杜巴利夫人如何为非作歹、糟蹋公帑已多被读者知晓。被掏空身体的老国王色心不改，他看上了一位木匠的年轻女儿，在杜巴利夫人的怂恿下占有了这个年轻姑娘。谁知这姑娘已经感染上了天花，国王第二天就病倒了。一个多月后，1774年5月10日，路易十五一命呜呼。失去靠山的杜巴利夫人也被新国王路易十六发配进了修道院。

描述国王性生活的作品在法国并不稀罕，弗朗索瓦一世、亨利四世、路易十四都曾经成为作家们描述的对象，但多半都是赞美国王床上功夫如何高明，如何能讨到女人欢心的，对路易十五则由赞美变成了诽谤，到了可怜的路易十六，这种色情描绘简直就是不堪入目。这种诽谤的性质在于直接"抨击了波旁王朝的合法性"。

在违禁书目中，这类作品的比重不低，根据畅销禁书排行榜，前十部中占了三部，前一百部中占了十五部，其中以这部《杜巴利伯爵夫人轶事》最为出名，高居排行榜的第二位。小说叙述了杜巴利夫人由一名妓女到直接操弄国是的全过程，和当时法国的一些重要事件交织在一起，看起来栩栩如生，以假乱真，不仅激发了读者的好奇心，更激发了读者的义愤，并导致对波旁王朝合法性的强烈质疑。

故事的内容多是道听途说，同样的一段故事，会同时出现在不同的书籍中，以致无法搞清究竟是谁抄袭了谁，这些作者常把材料写在纸上带到咖啡馆相互交换信息，互相抄袭，然后制成刊物，再插入到各种书中。

无论如何，《杜巴利伯爵夫人轶事》都是一部非常好玩的作品，以致我这样一个严肃的读者，几次都差点笑出声来。

## 四、禁书与革命

从《法国大革命前的畅销禁书》中，我们看到这样一个事实：革命意识的传布是全方位和多元的，公众对波旁王朝的愤恨，对旧制度的怀疑往往并不直接得自启蒙思想家，思想家们的高端思考，需要进行情节化和庸俗化，这样才能引人入胜。启蒙思想家们处于金字塔的顶端，他们创造出来的思想被一批更为广泛的通俗-庸俗作家们编制到各种作品中扩散给广大读者，这些书籍并不直接引发革命，但它们具有强大的杀伤力和解构性，这些作家的思想虽不及伏尔泰、卢梭们来得深刻，但又有着强大的解释思想的能力，如《开放的特丽萨》，熟悉哲学史的人一眼就能看出对笛卡儿二元主义思想的应用，熟悉基督教教义的读者又会从中看到自然神论和无神论的思想。再如《2440年》的读者也会看到君主主义，进而理解法国革命的肇端首先是君主立宪革命，尔后才转向共和。

禁书并不直接导致革命，但通过这些丰富多彩的畅销禁书，导致波旁王朝合法性受到严重动摇——由路易十五这样一个腐朽、昏聩的君主统治，法国人民是不能接受的，他的行为祸及子孙——人们对路易十六所抱有的是制度重构的希望而非步履蹒跚、方向不明的“改革”，当人们从国王的秘密文件柜里找到他“里通外国”证据时，新仇旧恨，怒不可遏地涌上法国人民的心头。

法国大革命作为人类历史过程中一次最重要、最伟大的革命，对它的得与失需要一个漫长历史时段的考察或许才能得到一个接近真实的图像。托克维尔说，法国革命的产生“它绝不是一次偶然事件”，而是“一项长期工作的完成，是十代人劳作的突然和猛烈的终结”——从法国大革命前的畅销禁书即可看出，托克维尔的论断具有强大的历史依据，我们不能轻率地认为革命在法国的爆发是法国人心血来潮的结果。

原载《随笔》2015年第4期

# 大观园里和大观园外

刘梦溪

中国文学的集大成者，唯《红楼梦》足以当之。虽然它只是一部长篇小说，却好像整个中国文学都装在里面了。

## 一

中国文学的各种文体，《红楼梦》里应有尽有，文备众体不足以形容。中国历史上那些文采风流的特异人物，小说开卷的第二回，就通过冷子兴和贾雨村茶肆对话的方式，从隐逸诗人陶渊明和竹林七贤的领袖阮籍、嵇康说起，一直说到女诗人薛涛，和大胆追求爱情的卓文君、红拂、崔莺，前后不下三十个人物。历朝历代的诗人、文学家、艺术家，更是经常成为《红楼梦》人物日常品评的话题。第四十九回香菱学诗，史湘云高谈阔论，满嘴是“杜工部之沉郁，韦苏州之淡雅”“温八叉之绮靡，李义山之隐僻”。甚至连贾母的大丫鬟鸳鸯，为抗拒大老爷贾赦要纳她为妾的举动，骂前来自称有“好话”告诉她的金嫂子，开口便骂出了艺术典故：“什么‘好话’！宋徽宗的鹰、赵子昂的马，都是好画儿！”既不识字又没有文化的丫鬟，竟然知道擅长瘦金书的宋徽宗会画鹰，元代的赵孟頫善画马，而且用谐音的方式随詈叱的语言淋漓诙谐而出。可见艺术与文学已经成为《红楼梦》里贾府的日常生活和人物语言的一部分了。

更不要说，书中还有众多关于结社、吟诗、联句、拟匾额、题对联、拆灯谜、行酒令、听说书、看本戏、赏音品笛、丹青绘事的描写。单是对《负荆请罪》戏名的不同表述，就在宝玉、宝钗、黛玉之间展开了一场何等惊心动魄的心理战。至于男女主人公，时当阳春三月、落红成阵的惹人季节，偷读《西厢记》，借妙词，通戏语，以之作为谈情的引线；隔墙欣赏《牡丹亭》，女主人公林黛玉听艳曲，惊芳心，心痛神痴，眼中落泪，则是文学欣赏达至共鸣境界的绝妙写照。那么我提出《红楼梦》是中国文学的集大成之作，应该不是出于偏好的夸张溢美之词，而是理据昭然真实不虚的判断。

但《红楼梦》里所有这些艺文活动，大都是在大观园中发生的。这座可大可小、虚虚实实、人间天上诸景备的园林，是红楼人物的集中活动场所，是小说作者精心打造的理想世界。男女主人公贾宝玉和林黛玉，贾家的三位小姐迎春、探春、惜春，地位略同于黛玉而具有永久居住权的薛宝钗，还有不时飘忽而来飘忽而去的史湘云，以及服侍她们并与之形影相伴的大小丫鬟，如同天意安排一般顺理成章地诗意地栖居在这里。

山水园林加上青春美丽，使大观园成为爱情的滋生地。不仅是宝黛的爱情，还有龄官和贾蔷的爱情，小红和贾芸的爱情，司棋和潘又安的爱情，以及其他或明或暗的红楼儿女的爱情。宝黛的爱情也有许多头绪穿插进来，各类角色带着不同的意向互相交织在一起。贾宝玉和林黛玉的如醉如痴的爱情，自然是贯穿始终的主线，但薛宝钗的介入使这条主线爱情变成了三人的世界。还有爱说话、大舌头、开口便是“爱哥哥”

的史大姑娘，也让黛玉感到似乎是模模糊糊的竞争对手。三人的世界于是变成四人的世界。头绪交错的爱情和对最终婚姻归宿的追求纠缠在一起，就不单纯是两小无猜的儿女之私，而是融进了深层的社会内容。

男女主人公本身的爱情意识是简单的，除了爱不知有其他。爱就是一切，包括生与死。但当事人背后亲长的意图伦理，往往视婚姻为社会与政治的交换物。这就使得婚恋行为不只是青春美貌的竞争，而且是财产和社会地位的较量。正是由于后者的因素，薛宝钗婚姻追求的最后获胜，变得有先兆而无变数。宝黛之间的纯真的爱情因此经受到严峻考验。林黛玉痴情的感召、隽语的激励和诗意的熏陶，使早期带有某种泛爱倾向的怡红公子，很快变得痴心与钟情合一，不结合就宁可死亡或出家，成为两位当事人横下一条心的选择，他们最终取得了爱情的胜利。

## 二

大观园外面的世界又如何呢？如果说大观园是女儿的世界，那么大观园外面的贾府则是以男人为主轴的世界。他们的名字刻板雷同，贾政、贾赦、贾敬、贾珍、贾琏、贾蓉、贾蔷、贾瑞，遇有大的仪式排列名单，极易混淆。要么名号怪异，什么詹光（沾光）、霍启（火起）、单聘仁（善骗人）、卜固修（不顾羞）之类。大观园外也有女人，但她们是男人的女人。王夫人是贾政的女人，邢夫人是贾赦的女人，尤氏是贾珍的女人，王熙凤是贾琏的女人。

不过《红楼梦》的诡异处在于，男人不过是游身在外的徒有虚名的性别符号，家政主事管理的权力统由女人来执掌。所以贾府的当家人是王熙凤，以及同出金陵王氏一族的王夫人。此一性别管理模式也延续到管家人等，如赖大家的、周瑞家的、来升家的、林之孝家的、张材家的、王兴家的、吴新登家的、王善保家的。至于这些“家的”背后男性人士的情况，似有若无，作者并不关心。同为女人，妻的地位要高于妾，庶出远逊嫡传，这是中国历来的妻妾制度和嫡庶制度使然。精明干练的探春和其生母赵姨娘的畸形关系，就是由此而生成的。探春不得不把生母的地位置于宗法伦常的框架之内。此外还有一类女人，如兼有钗黛双美的秦可卿，温柔软弱而又女人味十足的尤二姐，她们是沾上“淫”字的特种尤物，只好成为吃着碗里望着锅里的无良男人的欲望工具。她们是猎色的目标，不是爱情的对象。那个贾府上下人等都可以上手的鲍二家的，也属于此类人物，只不过品级低下粗俗而已。尤二姐和鲍二家的都死于王熙凤之手，醋妒阴狠而又和权力结合在一起的漂亮女人，是她们可怕的克星。

《红楼梦》的艺术天平因作者的好恶而倾斜。有美都归大观园，有丑必归宁国府，是作者预设的价值伦理。秦可卿和公公贾珍的韵事就发生在宁国府的天香楼。尤二姐和贾珍、贾琏兄弟聚麀，也是宁国府的家戏自演。贾蓉和王熙凤的眉目传情，也是东府里人人都知道的一道风景。难怪被关在马厩里的焦大，敢于以“爬灰的爬灰，养小叔子的养小叔子”的“今典”公开醉骂，说宁府只有大门外的两个石狮子干净。难怪秦可卿的判词有句：“造衅开端实在宁。”

## 三

大观园是充满诗意的青春女儿的世界，但和大观园外面的世界并非没有联系。总有因了各种缘故需要进到园子里来的园外人。宝玉和各位小姐的教养嬷嬷，以及管理他们的这个“家的”那个“家的”，就是园子里面的园外人。承担闺房之外劳役的那些干体力活的小厮，也不得不随时出出进进。遇有大型的社交或宗教礼仪活动，大观园的儿女们偶尔也有走出园子的机会。如第二十九回清虚观打醮，大观园的人众，车辆纷纷，人马簇簇，全员出动了。但园子里的丫鬟们，一般不允许离园外出。除非特殊恩许，如第五十一回袭人探望母病，那是花小姐立功获宠之后，俨然以“妾”的身份近乎衣锦还乡似的成此一行。

还有就是因“过失”而被逐的丫鬟，对当事者来说，完全是被动的行为。最有名的案例，是金钏被逐、司棋被逐和晴雯被逐。被逐的举动，是通过强力手段把园内人变成园外人。被逐的结果无不以悲剧告终。金钏投井而死，司棋撞墙而亡，晴雯病饿而终。至于小姐们离园，只有出嫁了。例如第七十九回贾赦将迎春许配给孙绍祖，邢夫人便把迎春接出了大观园。唯一的例外是王熙凤，大观园里和大观园外的关防，她可以任意打破。她在园里园外都有合法的身份。她的美貌、诙谐和善解人意，和小姐丫鬟女儿们站在一起，没有人会视她为园外人。大观园存在的特殊意涵，唯凤姐知道得最清楚。当大观园的姊妹们邀请她出任诗社的“监社御史”，她立即拿出五十两银子，并且说：“我不入社花几个钱，不成了大观园的反叛了，还想在这里吃饭不成?”其实这是说，大观园是贾府大家族中一个具有单独意涵的王国，其特殊地位，以凤姐之尊亦不敢小觑。不要忘记，此园的原初功能是专门建造的省亲别墅，后经元妃特命许可众姊妹才得以搬进去居住。如果仅仅看到所具有的实用价值，而忽略其作为象征的文化符号的意义，就本末倒置了。

另一方面，王熙凤的贪欲和狠辣，又使她成为大观园外面世界的弄权杠杆。而老祖宗贾母则是平衡家族各种势力的最高权威。女性的地位在权力结构中凌驾于男性之上，不独上层、中间层、中下层布局明显，家族宝塔的顶端层级也不例外。

读者诸君如果对《红楼梦》的这种结构意图感到困惑，不妨温习一下贾宝玉的经典名言：“女儿是水做的骨肉，男人是泥做的骨肉。我见了女儿便清爽，见了男子便觉浊臭逼人。”其对女儿情有独钟，自不在话下。但需要辨明的是，他强调的是女儿，即尚未出嫁的女孩子，并不泛指所有的女性。对出嫁后的女儿，宝玉另有言说：“女孩儿未出嫁，是颗无价之宝珠，出了嫁，不知怎么就变出许多的不好的毛病来。虽是颗珠子，却没有光彩宝色，是颗死珠了。再老了，更变的不是珠子，竟是鱼眼睛了。”从无价的宝珠，一变而为光彩尽失的死珠，再变为不称其为珠的鱼眼睛，这个审视女性变化的“三段论”，可谓惊世骇俗。

这番言论的学理哲思在于，社会风气和习俗对人的本性的污染是惊人的，足可以让人的本然之性完全迷失，直至将人变成非人。第五十九回柳叶渚边嗔莺咤燕，可以看作是图解宝玉“三段论”的原典故事。此事导源于探春理家施行的新经济政策，将大观园的花草树木分由专人承包管理，柳叶渚一带的承包者，是小丫头春燕的姨妈，她自己的妈妈也得了一份差事。在春燕看来，这两姊妹越老越看重钱，对承包一事认真得“比得了永远基业还利害”。所以当她们看到宝钗的丫鬟莺儿折柳枝编花篮，便把气撒到春燕身上，以致当众大打出手。究其原委，无非是利益驱使，利令智昏。因此大观园从此就不得安宁了。用平儿的话说：“各处大小人儿都作起反来了，一处不了又一处。”果不其然，紧接着的第六十回，赵姨娘就和唱戏的芳官等小女孩子们打作一团。下面的第六十一回，则是迎春的大丫鬟司棋带着一群小丫头，大闹了园中的公共厨房。诗意的大观园，一下从天上落到了尘埃里。

最后是王熙凤施展计谋，将贾琏偷娶的尤二姐也骗到大观园里来居住，直至被逼自杀了事。这等于园子外面的人可以在园子里面找到死所，园里园外已混一而无分别。至于第七十回林黛玉重建桃花社，不过是诗意黄昏的回光返照而已。且看黛玉《桃花行》的结尾所写：“泪眼观花泪易干，泪干春尽花憔悴。憔悴花遮憔悴人，花飞人倦易黄昏。”呈现的是一派春尽花飞人憔悴的凄凉景象。待到众女主填写柳絮词，除了宝钗仍存青云之想，探春、宝玉、黛玉、宝琴四人所填，都不约而同暗寓“离散”两字。《红楼梦》一书的深层哲理，竟成为一次诗社雅聚的主旋律。这并不奇怪，因为很快就是“惑奸谗抄检大观园”的情节了，使已经落在地上的大观园，又在自我残杀中消散得近乎干净。敏感的探春当着抄检者的面说道："你们别忙，自然连你们抄的日子有呢！你们今日早起不曾议论甄家，自己家里好好的抄家，果然今日真抄了。咱们也渐渐的来了。可知这样大族人家，若从外头杀来，一时是杀不死的，这是古人曾说的'百足之虫，死而不僵'，必须先从家里自杀自灭起来，才能一败涂地！"这是勇于担当的三小姐的激愤之词，亦未尝不是贾府命运的写实之语。

只是不曾料到，贾府的败落居然由大观园的衰败来作预演，而且抄家也是先从大观园抄起。是啊！既然女性在贾府统治层占有特殊的地位，那么摧折的风暴也必然从女性集中的地方刮起。大观园作为贾氏家族命运的象征符号，其所遭遇的兴衰比家族本身的兴衰要深刻得多。小说的文学意象显示，当大观园的命运和整个贾府的命运完全合一的时候，《红楼梦》所描写的深广的社会内涵便露出了真容。

## 四

《红楼梦》作者显然不满足他的作品只是停留在爱情与婚姻的层面，他对爱情与婚姻背后的家族和社会的势力，铺排得广阔无垠而又密不透风。作为爱情与婚姻角色出现的每一个人物都不是孤立的存在，他们身后的亲友团和后援团，无不具有强有力的经济与政治背景。

林黛玉算是最孤单的了，但她是贾母的亲外孙女，来头不可谓不大。在"老祖宗"的最高权威面前，哪个不得让黛玉三分。黛玉刚进贾府时，老祖宗是视她为"心肝儿肉"的，相关待遇一概例同于掌上明珠贾宝玉。问题是这种态度能否持久，如果一旦有所游移，黛玉的特殊地位即发生动摇。史湘云来自史侯家，也是由于得到贾母的庇荫而确立自己在贾府的地位。王夫人和她的内侄女王熙凤，则是金陵王家的嫡系，现任京营节度使王子腾是王夫人的胞兄。宝钗的母亲薛姨妈和王夫人是一母所生的亲姐妹。所以薛蟠打死人命一案，全赖王子腾从背后关照，使之如同没事人一般。薛家的直接支撑来自皇商身份的经济奥援，即使政治靠山强大的家族也不能不另眼相看。

戴着金锁的薛宝钗来到贾府，哪里是单纯地追求爱情，分明是为了家族的利益前来联姻。史、王、贾三家族已经用婚姻的纽带联结在一起，只差薛、贾这一环了。薛姨妈公开宣称，他们的宝钗要等到有“玉”的才嫁呢。普天之下谁有“玉”？不就一个贾宝玉吗？第二十八回元春自宫中送礼物，独宝玉和宝钗的一样多，已经是权力高层的一次表态，只不过贾母没有立即呼应而已。紧接着的第二十九回，张道士给宝玉提亲，贾母的回应，一是等大一大再定，二是选取的标准，应该是“模样性格儿”都好的。林黛玉的模样自然难有对手，要说性格，贾母未必认为她的外孙女可置于薛宝钗之上。这是《红楼梦》写贾母态度开始有所变化的一处暗笔。

而到第三十五回，宝玉挨打后棒伤未愈，贾母、王夫人、薛姨妈、薛宝钗到怡红院探望，结果老祖宗当着当事人说了这样一番话：“提起姐妹，不是我当着姨太太的面奉承，千真万真，从我们家四个女孩儿算起，全不如宝丫头。”薛姨妈故作谦让，说老太太的话未免说偏了。然而她的胞妹王夫人当即作证说：“老太太时常背地里和我说宝丫头好，这倒不是假话。”贾母此时对黛钗的态度，至少内心综合判断的倚轻倚重，恐怕大体上趋于明朗。薛家占尽了道德的制高点。黛玉行酒令援引《西厢记》和《牡丹亭》的词语，薛宝钗也抓住不放，长篇大论地教训了一番，直至黛玉认错臣服。而第五十四回贾母破陈腐旧套，痛批才子佳人小说，其中的“只一见了一个清俊的男人，不管是亲是友，便想起终身大事来，父母也忘了，书礼也忘了，鬼不成鬼，贼不成贼”的嘲讽说辞，即使不明确具有直接的现实所指，但包括宝黛在内的听到的人会引以为戒，应不成问题。

《红楼梦》的读者不知是否已有所察觉，此前此后的一段时间，薛家母女在各种场合极为活跃，俨然成为大观园的主角，以至于到第五十八回，这位薛姨妈竟堂而皇之地搬进了大观园，具体说是搬进了潇湘馆，跟黛玉住在一处，使得宝、黛单独见面交谈都变得不方便了。但一有风吹草动，薛家又会爽利地从大观园撤出。第七十五回，大观园抄检之后，薛宝钗立即以母病为由搬出了大观园。作为人物角色，薛宝钗应该是大观园里面的园外人，因此她的进出并没有引起那么大的惊动。薛家后来事实上掌握了宝玉未来婚姻的主动权。

宝钗以家族的势力介入的结果，也加剧了大观园的派系纷争。怡红院的大小丫鬟们，原本有口无心，争吵斗嘴，也不伤和气。可是自从薛宝钗通过闲言“套问”袭人的“年纪家乡”，并“留神窥察”，结果发现袭人的“言语志量深可敬爱”之后，怡红院的派系于是开始形成。袭人从此与宝钗结党自是无疑，所以已往的旧红学有“袭为钗副”的说法，实为有见。麝月、秋纹是袭人的替身，固属一党。用宝玉的话说，这两个都是袭人“陶冶教育的”。晴雯和芳官以及后来的四儿，则为袭、麝、纹所不喜。所以当第七十七回，王夫人盛怒驱逐晴雯之后，又来处置芳官、四儿，提出的罪名是：“你们又连伙聚党遭害这园子。”被王夫人视为“聚党”的“党”里面，还包括已逝的柳五儿。王夫人说，“幸而那丫头短命死了”，否则她一定成为你们的“连伙”之人。用政治语言形容怡红院丫鬟之间的人事纠葛，诉以“连伙”“聚党”“遭害这园子”之罪，王夫人未免小题大做。但作者采用如此写法，一定不是笔法的失措，而是有更为深在的创作意图。至少我们可以看到，家政权力的执掌者对“聚党”和“连伙”是何等深恶痛绝。“遭害这园子”，实含有罗织罪名的阴招，以证明“连伙”“聚党”者不仅有“犯罪”事实，而且有“犯罪”意图。

## 五

《红楼梦》里的贾、史、王、薛四大家族，由于彼此都联络有亲，使得他们命运与共，一损俱损，一荣俱荣。但《红楼梦》作为故事中心展开的家族系统，是荣宁二府所代表的贾家。贾家比之另外的三家，其不同之处在于，它与朝廷有直接的联系。这缘于贾政和王夫人的大女儿贾元春，被当今皇帝晋封为凤藻宫尚书并加封为贤德妃。这样一来，贾家的身价自然不同寻常。何况贾家的荣宁二公都是从龙入关的有功之臣，其家世基业，已历百载，族望地位远非史、王、薛三家可比。

只不过当《红楼梦》故事启动发轫之时，贾家已呈衰败之象，即所谓"外面的架子虽未甚倒，内囊却也尽上来了"。但同为衰败，荣宁二府，又自不同。宁府的衰败，表现为荒淫无耻，日暮途远，故倒行而逆施之；荣府的衰败，表现为子孙不肖，后继无人。唯一承继有望的宝贝孙子贾宝玉，竟然是个不肯读书、不求上进的"情种"。所以第五回贾宝玉梦游太虚幻境，荣宁二公向警幻仙姑托付说："吾家自国朝定鼎以来，功名奕世，富贵传流，虽历百年，奈运终数尽，不可挽回者。故遗之子孙虽多，竟无可以继业。其中惟嫡孙宝玉一人，禀性乖张，生性怪谲，虽聪明灵慧，略可望成，无奈吾家运数合终，恐无人规引入正。幸仙姑偶来，万望先以情欲声色等事警其痴顽，或能使彼跳出迷人圈子，然后入于正路，亦吾兄弟之幸矣。"吊诡的是，在观赏了金陵十二钗的判词和《红楼梦曲》之后，这位受人重托的警幻，竟让宝玉与秦可卿当即成姻，并秘授以云雨之事。其结果，不仅宝玉与秦氏梦游成双，第二天又与花袭人演绎了一番。看来荣宁二公所托非人，将宝玉"规引入正"的想法，无可挽回地化为泡影。

事实上，《红楼梦》第五回作为全书的故事预演，处处都在警示贾府已进入衰败的末世。探春的判词是："才自精明志自高，生于末世运偏消。”王熙凤的判词是：“凡鸟偏从末世来，都知爱慕此生才。”反复出现“末世”字样。《红楼梦曲》的最后一题，名曰“好事终”，也是况味尽出。其曲词则直接出现了“败家”和“家事消亡”的点题之语。《红楼梦曲》的尾声“飞鸟各投林”，更将贾家败亡所经由的途径，都具体而微地标示出来。这就是：“为官的，家业凋零；富贵的，金银散尽；有恩的，死里逃生；无情的，分明报应。欠命的，命已还；欠泪的，泪已尽。冤冤相报实非轻，分离聚合皆前定。欲知命短问前生，老来富贵也真侥幸。看破的，遁入空门；痴迷的，枉送了性命。好一似食尽鸟投林，落了片白茫茫大地真干净。”可知贾氏家族的最后结局，不仅是败亡，同时伴随着凄苦的离散，亦即“家亡人散各奔腾”。《红楼梦》对“散”之一字，可谓做足了文章。秦可卿托梦给王熙凤，固然以“盛筵必散”的俗语为警示，连小丫头红玉都说：“千里搭长棚，没有个不散的筵席。”第二十二回上元节，元春出的谜语是：“能使妖魔胆尽摧，身如束帛气如雷。一声震得人方恐，回首相看已化灰。”贾政自然是猜着了，但心想：“娘娘所作爆竹，此乃一响而散之物。”于是大觉不祥。而第五十四回凤姐讲的笑话，也是炮仗没等放“就散了”。然后她又笑说：“外头已经四更，依我说，老祖宗也乏了，咱们也该‘聋子放炮仗——散了’罢。”处处暗示这个“散”字。第三十一回作者还专门站出来透视人物心理，分析林黛玉喜散不喜聚的性格来由：“人有聚就有散，聚时欢喜，到散时岂不清冷？既清冷则伤感，所以不如倒是不聚的好。”依林黛玉的哲学，人世间的“聚”反不如不聚的好，因为最后的结果总是要“散”的。所以甲戌本《红楼梦》第一回“凡例”末尾的那首题诗，不管作者为谁，至少此诗的开首两句——“浮生着甚苦奔忙，盛席华宴终散场”——可谓深得《红楼梦》题旨之语。

原载《读书》2015年第7期

# 在文学与生活的海洋中

刘震云

一

我在生活中相信一个原则，第一个法则是把一个复杂的事变得很简单。如果一个人、一个单位、一个学校的领导把简单的事儿变复杂，就很难有大成就，如果把复杂的事儿变简单，前途就很光明。第二个法则是做一个明白人。我非常喜欢学校的气氛，很多年轻人在这里无知、冲动、莽撞，跟我有点像，如果有知识了，还来大学干什么。所以我能不能做好教授不知道，但能成为大家的哥们是没有问题的。因为三十二年前，也就是1978年，我也和大家一样，是附近“小学校”的同学。

1978年入学的时候，我们知道一些老先生，尤其像游国恩先生、王力先生、王瑶先生、吴组缃先生，你们文学院的同学都知道他们在国学和文学方面都有很深的造诣。每天给我们上课的是孙玉石老师、严家炎老师、谢冕老师，还有袁行霈老师。他们都是非常有学问的人。

我当时听过吴组缃先生的讲座，他是冯玉祥的老师。冯玉祥下野后，在泰山的时候，有听过吴先生的讲课。我记得吴先生总是边讲话边抽烟。他曾经比较过他和老舍先生的区别，他和老舍先生是同一辈的作家，也是好朋友。

严家炎先生是研究鲁迅的专家，孙玉石先生也是研究鲁迅的专家。孙先生在给我们讲课的时候，曾经比较过鲁迅与赵树理的区别。他们都写过中国乡土作品，塑造了中国乡土文学的顶峰。他说，赵树理先生是从一个村庄来看一个世界，所以他写出了像李永财这样的人物；鲁迅先生是从一个世界来看一个村庄，所以他写出了像阿Q和祥林嫂这样的人物。

严家炎先生在给我们讲课的时候，曾经提出林冲的例子，我觉得他是最能理解林冲的人。他说："你们知道世界上有'逼上梁山'这个词，你们不知道世界上有'逼下梁山'这个词。"林冲上了梁山，王安仁说，你应该下来，逼下梁山。他说，林冲一辈子犯了两个错误，一个是找了漂亮的媳妇。另一个是他的手艺——杀人的手艺——八十万禁军教头。

谢冕先生研究诗。他给我们讲课的时候，一上课就哆嗦，他哆嗦并不是因为我们而是因为课，因为诗。谢先生有一半的时间不是生活在这个世界中，而是生活在诗的世界中。

袁行霈先生讲诗讲得特别好，尤其他跟我们讲白居易，"座中泣下谁最多，江州司马青衫湿"。同学们，哭多少回才会把青衫哭湿，一个落魄的文人和官员，不是衣袖和手绢湿，是"青衫湿"，跟我们讲这个的时候，袁先生眼里充满了泪光。我觉得他不愧是一个好老师。

## 二

文学对于我来讲，是我从事的职业，但是在我们家族里面，我妈不识字，我妈的妈妈也不识字。所以从传承来讲，我从事这一个行业，链条是非常脆弱的。所以当我的母亲知道我从事的职业是以文字为主的时候，她曾经产生过一个疑问，鲁迅在你们这个行业里面算是一个大个的，我说他的个头不高，但论写作，许多人说他写得好。

她又提出一个问题，他是讲贵族的吗？我觉得这个问题很根本。她说，如果文学是为了表现生活，还不如生活本身。我说，是为了揭示生活。她说不对，揭示生活不如表现生活。我妈爱看电视剧，她说到目前，拍得最好的是两部电视剧，一部是老版的《红楼梦》，还有一部是《手机》。

因为我妈喜欢《红楼梦》，我就从另外一个角度和她说文学。我说文学有另外一个作用，这个作用是世界上任何一个其他的学科、任何民族都没有办法解决的问题，让文学给解决了。这个问题是什么呢？是生死的问题。乾隆、康熙逝世了，唐宗宋祖逝世了，秦始皇也逝世了。他们一上台，便追求着长生不老，但没有用。我相信，一百年后，我们教室里在座的所有人也都逝世了。

除了逝世，人还怕老。世界上没有人能解决这个问题，但文学解决了。我们知道大清朝所有的人都死了，但有几个人却没有死，他们是贾宝玉、林黛玉、晴雯，他们不但没死，而且也没老。我们什么时候打开《红楼梦》，贾宝玉和林黛玉这些人总是十四五岁的样子，青春永驻。这就是文学的力量。但是仅仅留住青春也不是文学的本质。我觉得文学最厉害的一点是它说出了一种不同的生活。

贾宝玉是个不爱读书的人，是个整天和女孩子厮混在一起的人。他最爱干的事是吃女孩子脸上的胭脂。一个十四五岁的男孩子，有这样的嗜好，甭说是在清朝，就是在现代，也是不被认可的。他不爱上学，不但自己不爱上学，而且讨厌别人上学，考取功名的人，都是沽名钓誉。这是曹雪芹内心特别喜欢的一个人。这样一个人物的塑造是对整个社会、生活的极大背叛。

《红楼梦》是一个以日常生活、家庭生活、大观园生活为基本生活场景的作品，但《红楼梦》的开篇并不是以日常生活为背景的。他从一块石头和一株草写起，而且这块石头是女娲补天剩下的石头，起点很高啊。这株草，她快干枯了。石头说，我闲着也是闲着，我给你浇点水吧。石头给她浇点水，这株草活了，活过来之后，她说了什么？这就显出了一个作者的高尚。我们平常人说，你帮了我的忙，下辈子我做牛做马来报答你。但曹先生不是这么写的。这株草说，下辈子我用眼泪来报答你。他写人的生活不是从人写起。

曹雪芹跟姓刘的还是有仇啊，他在书中调侃了一个老人家，刘姥姥，他怎么就知道姓刘的就这么没出息。明知道别人调侃自己，还迎合别人的调侃。看到这里，我哭了，不是为刘姥姥哭，也不是为姓刘的哭，而是为整个民族哭。险恶！不就是让别人吃顿饭吗？不就是给人家钱吗？她都六十多了，用得着这么作践她吗？但我看这种事情在大街上比比皆是。

满世界看去是一个肮脏的世界，唯有一个人是干净的，那就是贾宝玉。但这个最干净的人的出路是什么？是被世界上最脏的两个人架走了，一个是秃头的和尚，另一个是癞皮的道士。

一个最干净的人被两个最脏的人架走了。架到哪里去？架到了世界上最干净的地方去。说出了干净和肮脏的辩证关系。

这是文学，解决了生死和青春的问题。接着，又解决了应该怎样生活和青春意义的问题。所以能成为名著不是偶然。

## 三

接着说《水浒传》吧，《水浒传》写得最好的是林冲。他犯的头一个错误就是娶了一个漂亮的老婆。再有，他带着她去春游。

中国的历史上，包括世界的文学史上，把强盗和杀人犯当成阳光来写的，只有《水浒传》。《水浒传》里全是杀人的人。

上梁山，梁山的人一问：“杀过人吗?”“没有。”“下去杀一个。”因为我们都是杀人的人，你没有杀人，我们无法交流。杀谁我不管。把强盗和杀人犯作为歌颂对象，所以这里面强调的是人的这种杀人的本事。

林冲看到了耍武艺的和尚，鲁智深。他说，耍得好。鲁智深说，你是什么人。鲁智深就是杀过人的人。林冲，京城八十万禁军的教头，也是杀人的人。两个杀人的人碰到一起，就聊起来了。两个知心的人，说尽了心中的抱负。两个人聊得正开心，家里的丫鬟跑过来说，娘子被人欺负了。林冲说，不可能啊，第一，光天化日之下；第二，就以我在东京的地位，怎么有人敢欺负我娘子呢？林冲跑回去之后，看到那个人，举起拳头就打。拳头到了空中就软了，因为那个人是自己上司的干儿子——高衙内。林冲问了一句话：“娘子，不曾被玷污吧？”娘子说：“还未曾。”

林冲，一身本事，八十万禁军教头，却被人欺负。后来，来了一个老同学——陆谦，找他去喝酒。

正喝着呢，那丫鬟又跑了过来说，娘子又被人欺负了。丫鬟说，你刚出去不久就有人说你喝酒的时候病倒了，娘子急急忙忙跑过去，那人说你不是在酒馆，在别人的家里。林冲问，谁家？那丫鬟说，就是陆谦家。施耐庵对“同学、同事”这种概念，充满着颠覆和不信任。林冲急急忙忙跑到了陆谦家，按照林冲的武艺，他可以一脚把陆谦家的门给踹开，接着杀人。但林冲的举动是什么呢？站在门外，说：“大嫂开门。”分明是让玷污你娘子的人跑啊。这高衙内赶紧就跑了。娘子把门打开。进去之后，还是一句话，娘子不曾被玷污吧？娘子的回答依旧是，还未曾。

那样的天地和日月不把人逼成杀人犯，可能吗？林冲做了什么，他忍了，他把人家的家仆打了一番。你本来是要杀人的，你打人家家仆干什么？还是得忍啊。接着是，他误闯白虎堂，林冲给发配了。他被发配了还不行，两个公差把林冲绑在大树上说，林教头，明年的今天是你逝世一周年。林冲杀两个公差易如反掌，但林冲闭上了眼睛。就在这时，一根禅杖过来了。一个和尚，鲁智深，把他给救了。接着，林冲碰到了两个人，林冲曾经接济过他们。林冲把自己的前因后果说了之后，那个人便留下他。他对他说，以后有什么缝补的，拿过来，让我浑家帮你做。但林冲没有想到，火烧山神庙，有人一定要把林冲杀了。原来是陆谦放的火。一起来的人说，这火都起来了，肯定你的同学已经死了。陆谦说，再等一等。等火灭了捡回两块骨头，也让太尉高兴高兴。什么同学啊？还有没有道德底线啊？没有！林冲突然醒悟过来，我要想活，必须得有人死，只要不杀人，我就活不成。

他写了一个人走到自己的反面，从热爱生活、热爱这个社会到背叛整个社会的过程。我觉得施耐庵了不起。

## 四

《西游记》也不愧是四大名著之一。四十年前，我就看《西游记》。我觉得《西游记》最大的特点就是，唐僧带着孙悟空、猪八戒、沙和尚还有白龙马，经历九九八十一难。

唐僧，是世界上特别好的一个领导。他走到一个地方，就说，悟空，你去探探路，他说的是未来。说八戒去找点吃的，说的是现在。说沙僧，去喂马。当徒弟问，师父你干什么，他说，我歇会儿。为什么一个“歇会儿”的人会是三个干活的人的师父？唐僧武艺不如别人。他到哪，把妖怪招到哪，别人是打妖怪的，他是招妖怪的人。招妖怪的人是打妖怪的人的师父，这个我们得问为什么。

平常，他的确不如别人。但关键时候，遇到困难的时候，他们的态度就不一样了。孙悟空说，我回花果山。猪八戒说，我回高老庄，娶媳妇。沙和尚说，我回通天河。这是三个除魔降妖的人的态度。而招妖怪的师父说，你们都可以回去，我自己到西天去。这是唐僧比其他三个徒弟高明的原因，也是他成为三个人师父的原因。

我四十岁以后看，妖怪从哪来，妖怪不是山林里长大的，不是凭空产生的。想到这里的时候，我出了一身的冷汗。我到你那儿取经，妖怪从你那儿来的，我为什么要向你取经？取来了，有什么意义？终于抓住了妖怪，却有人把妖怪救了。谁是妖怪的主人？这就是《西游记》，那我今天就讲到这里。

原载《文学报》2015年4月2日

# 阅读的故事

余 华

---

我在一个没有书籍的年代里成长起来，所以不知道自己的阅读是如何开始的。为此我整理了自己的记忆，我发现，竟然有四个不同版本的故事讲述了我最初的阅读。

第一个版本是在我小学毕业那一年的暑假，应该是1973年。“文化大革命”来到了第七个年头，我们习以为常的血腥武斗和野蛮抄家过去几年了，这些以革命的名义所进行的残酷行动似乎也感到疲惫了，我生活的小镇进入到了压抑和窒息的安静状态里，人们变得更加胆小和谨慎，广播里和报纸上仍然天天在大讲阶级斗争，可是我觉得自己很久没有见到阶级敌人了。

这时候我们小镇的图书馆重新对外开放，我父亲为我和哥哥弄来了一张借书证，让我们在无聊的暑假里有事可做，从那时起我开始喜欢阅读小说了。当时的中国，文学作品几乎都被称之为毒草。外国的莎士比亚、托尔斯泰、巴尔扎克他们的作品是毒草，中国的巴金、老舍、沈从文他们的作品是毒草；由于中苏关系恶化，苏联时期的革命文学也成了毒草。大量的藏书被视为毒草销毁后，重新开放的图书馆里没有多少书籍，放在书架上的小说只有二十来种，都是国产的所谓社会主义革命文学。我把这样的作品通读了一遍，《艳阳天》《金光大道》《牛田洋》《虹南作战史》《新桥》《矿山风云》《飞雪迎春》《闪闪的红星》……当时我最喜欢的书是《闪闪的红星》和《矿山风云》，原因很简单，这两本小说的主角都是孩子。

这样的阅读在我后来的生活里没有留下什么痕迹，我没有读到情感，没有读到人物，就是故事好像也没有读到，读到的只是用枯燥乏味的方式在讲述阶级斗争。可是我竟然把每一部小说都认真读完了，这是因为我当时的生活比这些小说还要枯燥乏味。中国有句成语叫饥不择食，我当时的阅读就是饥不择食。只要是一部小说，只要后面还有句子，我就能一直读下去。

2002年秋天我在德国柏林的时候，遇到两位退休的汉学教授，说起了20世纪60年代初期中国的大饥荒。这对夫妻教授讲述了他们的亲身经历，当时他们两人都在北京大学留学，丈夫因为家里的急事先回国了，两个月以后他收到妻子的信，妻子在信里告诉他：不得了，中国学生把北京大学里的树叶吃光了。

就像饥饿的学生吃光了北京大学里的树叶那样，我的阅读吃光了我们小镇图书馆里比树叶还要难吃的小说。

我记得图书馆的工作人员是一位中年女性，她十分敬业，每次我和哥哥将读完的小说送还回去的时候，她都要仔细检查图书是否有所损坏，确定完好无损后，才会收进去，再借给我们其他的小说。有一次她发现我们归还的图书封面上有一滴墨迹，她认为是我们损坏了图书。我们申辩这滴墨迹早就存在了，她坚持认为是我们干的，她说每一本书归还回来的时候都认真检查了，这么明显的墨迹她不可能没有发现。我们和她争吵起来，争吵在当时属于文斗。我的哥哥是一个红卫兵，文斗对他来说不过瘾，武斗方显其红卫兵本色，他抓起书扔向她的脸，接着又扬手扇了她一记耳光。

然后我们一起去了小镇派出所，她坐在那里伤心地哭了很久，我哥哥若无其事地在派出所里走来走去。派出所的所长一边好言好语安慰她，一边训斥我那自由散漫的哥哥，要他老实坐下，我哥哥坐了下来，很有派头地架起了二郎腿。

这位所长是我父亲的朋友，我曾经向他请教过如何打架，他当时打量着弱小的我，教了我一招，就是趁着对方没有防备之时，迅速抬脚去踢他的睾丸。

我问他："要是对方是个女的呢?"

他严肃地说："男人不能和女人打架。"

我哥哥的红卫兵武斗行为让我们失去了图书馆的借书证，我没有什么遗憾的，因为我已经将图书馆里所有的小说都读完了。问题是暑假还没有结束，我阅读的兴趣已经起来了。我渴望阅读，可是无书可读。

当时我们家中除了父母专业所用的十来册医学方面的书籍，只有四卷本的《毛泽东选集》和一本叫作"红宝书"的《毛主席语录》。"红宝书"就是从《毛泽东选集》里摘出来的语录汇编。我无精打采地翻动着它们，等待阅读的化学反应出现，可是翻动了很久，发现自己还是毫无阅读的兴趣。

我只好走出家门，如同一个饥肠辘辘的人寻找食物一样，四处寻找起了书籍。我身穿短裤背心，脚上是一双拖鞋，走在我们小镇炎炎夏日里发烫的街道上，见到一个认识的同龄男孩，就会叫住他：

"喂，你们家有书吗?"

那些和我一样身穿短裤背心、脚蹬一双拖鞋的男孩，听到我的问话后都是表情一愣，他们可能从来没有遇到过这样的询问，然后他们个个点着头说家里有书。可是当我兴致勃勃地跑到了他们家里，看到的都是同样的四卷本的《毛泽东选集》，而且都是从未被翻阅过的新书。我因此获得了经验，当一个被我询问的男孩声称他家里有书时，我就会伸出四根手指继续问：

“有四本书?”

他点头后，我的手垂了下来，再问一句：“是新书?”

他再次点头后，我就会十分失望地说：“还是《毛泽东选集》。”

后来我改变了询问的方式，我开始这样问：“有旧书吗?”

我遇到的都是摇头的男孩。只有一个例外，他眨了一会儿眼睛后，点着头说他家里好像有旧书。我问他是不是有四本书？他摇着头说好像只有一本。我怀疑这一本是“红宝书”，问他封面是不是红颜色的？他想了想后说，好像是灰乎乎的颜色。

我喜出望外了。他的三个“好像”的回答让我情绪激昂，我用满是汗水的手臂搂住他满是汗水的肩膀，往他家里走去时，说了一路的恭维话，说得他心花怒放。到了他的家中，他十分卖力地搬着一把凳子走到衣柜前，站到凳子上，在衣柜的顶端摸索了一会儿，摸出一本积满灰尘的书递给我。我接过来时心里忐忑不安，这本尺寸小了一号的书很像是“红宝书”。我用手擦去封面上厚厚的灰尘之后，十分失望地看到了红色的塑料封皮，果然是“红宝书”。

我在外面的努力一无所获之后，只好回家挖掘潜力，用现在时髦的话来说，就是拉动内需。我将家里的医学书籍粗粗浏览了一遍，就将它们重新放回到书架上，当时我粗心大意，没有发现医学书籍里面所隐藏的惊人内容，直到两年之后才发现这个秘密。我放弃医学书籍之后，可供选择的书籍只有崭新的《毛泽东选集》和翻旧了的“红宝书”。这是当时每个家庭相似的情况，四卷本的《毛泽东选集》只是家里的政治摆设，平日里拿来学习的是“红宝书”。

我没有选择“红宝书”，而是拿起了《毛泽东选集》第一卷。这一次我十分仔细地阅读起来，然后我发现了阅读的新大陆，就是《毛泽东选集》里的注释引人入胜。从此以后，我手不释卷地读起了《毛泽东选集》。

当时的夏天，人们习惯在屋外吃晚饭，先是往地上泼几盆凉水，一方面是为了降温，另一方面是为了压住尘土，然后将桌子和凳子搬出来。晚饭开始后，孩子们就捧着饭碗走来走去，眼睛盯着别人桌上的菜，吃着自己碗里的饭。我总是很快吃完晚饭，放下碗筷后，立刻捧起《毛泽东选集》，在晚霞下如饥似渴地读了起来。

邻居们见到后赞叹不已，夸奖我小小年纪，竟然如此刻苦学习毛泽东思想。我的父母听了这些夸奖，得意之情溢于言表。在私底下，他们小声谈论起了我的前途，他们感叹“文化大革命”让我失去了学习的机会，否则他们的小儿子将来有可能成为一名大学教授。

其实我根本没有在学习毛泽东思想，我读的是《毛泽东选集》里的注释，这些关于历史事件和历史人物的注释，比我们小镇图书馆里的小说有意思多了。这些注释里虽然没有情感，可是有故事，也有人物。

第二个版本发生在我中学时期，我开始阅读一些被称之为“毒草”的小说。这些逃脱了焚毁命运的文学幸存者，开始在我们中间悄悄流传。我想，可能是一些真正热爱文学的人将它们小心保存了下来，然后被人们在暗地里大规模地传阅。每一本书都经过了上千个人的手，传到我这里时已经破旧不堪，前面少了十多页，后面也少了十多页。我当时阅读的那些毒草小说，没有一本的模样是完整的。我不知道书名，不知道作者；不知道故事是怎么开始的，也不知道故事是怎么结束的。

不知道故事的开始我还可以忍受，不知道故事是怎么结束的实在是太痛苦了。每次读完一本没头没尾的小说，我都像是一只热锅上的蚂蚁到处乱窜，找人打听这个故事后来的结局。没有人知道故事的结局，他们读到的小说也都是没头没尾的，偶尔有几个人比我多读了几页，就将这几页的内容讲给我听，可是仍然没有故事的结局。这就是当时的阅读，我们在书籍的不断破损中阅读。每一本书在经过几个人或者几十个人的手以后，都有可能少了一两页。

我无限惆怅，心想我前面的这些读者真他妈的缺德，自己将小说读完了，也不将掉下来的书页粘贴上去。

没有结局的故事折磨着我，谁也帮不了我，我开始自己去设想故事的结局，就像《国际歌》中所唱的那样："从来就没有什么救世主，也不靠神仙皇帝。要创造人类的幸福，全靠我们自己。"每天晚上熄灯上床后，我的眼睛就在黑暗里眨动起来，我进入了想象的世界，编造起了那些故事的结局，并且被自己的编造感动得热泪盈眶。

我不知道当初已经在训练自己的想象力了，我应该感谢这些没头没尾的小说，它们点燃了我最初的创作热情，让我在多年之后成为一名作家。

我读到的第一本外国小说也是一样的没头没尾，我不知道书名是什么，作者是谁，不知道故事的开始，也不知道故事的结束。我第一次读到了性描写，让我躁动不安，同时又胆战心惊。读到性描写的段落时，我就会紧张地抬起头来，四处张望一会儿，确定没有人在监视我，我才继续心惊肉跳地往下读。

"文革"结束以后，文学回来了。书店里摆满了崭新的文学作品，那期间我买了很多外国小说，其中有一本小说的书名叫《一生》，是法国作家莫泊桑的作品。有一天晚上，我躺在床上，开始阅读这本《一生》。读到三分之一的篇幅时，我惊叫了起来：原来是它！

我多年前心惊肉跳阅读的第一本没头没尾的外国小说，就是莫泊桑的《一生》。

我当时阅读的那些毒草小说里，唯一完整的一本是法国作家小仲马的《茶花女》。那时候“文革”快要结束了，我正在上高中二年级，《茶花女》是以手抄本的形式来到我们手上。后来我阅读了正式出版的《茶花女》，才知道当初读到的只是一个缩写本。

我记得一个同学把我叫到一边，悄悄告诉我，他借到了一本旷世好书，他看看四周没人，神秘地说：

“是爱情的。”

听说是爱情的，我立刻热血沸腾了。我们一路小跑，来到了这个拥有《茶花女》手抄本的同学的家中，喘息未定，这个同学从书包里取出白色铜版纸包着的手抄本。

清秀的字体抄写在一本牛皮纸封皮的笔记本上。这个同学告诉我，只有一天时间，明天就要将手抄本还给人家。我们两个人的脑袋凑在一起阅读起来，这是激动人心的阅读过程，读到三分之一篇幅的时候，我们两个人已经感叹不已，没想到世界上还有这么好的小说。我们开始害怕失去它了，我们想永久占有它。看看手抄本《茶花女》并不是浩瀚巨著，我们决定停止阅读，开始抄写，在明天还书之前抄写完成。

这个同学找来一本他父亲没有用过的笔记本，也是牛皮纸封皮的，我们开始了接力抄写。我先上阵，抄写累了，他赶紧替下我；他抄写累了，我接过来。在他父母快要下班回家的时候，我们决定撤离，去一个更加安全的地方。我们商量了一下，决定返回学校的教室。

当时我们高中年级在二楼，初中年级在一楼。虽然所有教室的门都上了锁，可是总会有几扇窗户没有插好铁栓，我们沿着一楼初中年级教室的窗户检查过去，找到一扇没有关上的窗户，打开后，翻越了进去，开始在别人的教室里继续我们的接力抄写。天黑后，拉了一下灯绳，让教室的日光灯照耀着我们的抄写。

我们饥肠辘辘又疲惫不堪，就将课桌推到一起，一个抄写的时候，另一个躺到课桌组成的床上。我们一直干到清晨，一个抄写时，另一个在课桌上睡着了。我们互相替换的次数越来越多，刚开始一个人可以一口气抄写半个小时以上的时间，后来五分钟就得换人了。他躺到课桌上，鼾声刚起，我就起身去拍拍他：

“喂，醒醒，轮到你了。”

等我刚睡着，他来拍打我的身体了，“喂，醒醒。”

就这样，我们不断叫醒对方，终于完成了我们人生里最为伟大的抄写工作。我们从教室的窗户翻越出去，在晨曦里一路打着哈欠走出学校。分手的时候，他将我们两个人合作的手抄本交给我，慷慨地让我先去阅读。他拿着字迹清秀的手抄原本，看看东方的天空上出现了一圈红晕，说是要将《茶花女》的手抄原本先去归还，然后再回家睡觉。

回到家中，我的父母还在梦乡里，我匆匆吃完昨晚留在桌上的冷饭冷菜，躺到床上就睡着了。好像没过多久，我父亲的吼叫将我吵醒，问我昨晚野到哪里了。我嘴里哼哼哈哈，似答非答，翻个身继续睡觉。

我一觉睡到中午，这天我没有去上学，在家里读起了自己的手抄本《茶花女》。我们的抄写开始时字迹还算工整，越到后面越是潦草。我自己潦草的字迹还能辨认，可是同学的潦草字迹就完全看不明白了。我读得火冒三丈，忍无可忍之后，我将手抄本放进胸口处的衣服里，走出家门去寻找那位同学。

我在中学的篮球场上找到了他，这家伙正在运球上篮，我怒吼着他的名字，他吓了一跳，转身吃惊地看着我。我继续怒吼：

“过来！你过来！”

可能是我当时摆出一副准备打架的模样，他被激怒了，将篮球往地上使劲一扔，握紧拳头满头大汗地走过来，冲着我叫道：

“你想干什么？”

我将胸口处衣服里面的手抄本取出来，给他看一眼后立刻放了回去，愤怒地说：

“老子看不懂你写的字。”

他明白是怎么回事了，擦着满脸的汗水，嘿嘿笑着跟随我走进了学校的小树林。在小树林里，我取出我们的手抄本，继续自己的阅读。我让他站在身旁，我一边阅读，一边不断怒气冲冲地问他：

“这些是什么字?”

我口吃似的，结结巴巴地读完了《茶花女》。尽管如此，里面的故事和人物仍然让我心酸不已，我抹着眼泪，意犹未尽地将我们的手抄本交给他，轮到他去阅读了。

当天晚上，我已经在床上睡着了，他来到了我的家门外，怒气冲冲地喊叫我的名字，他同样也看不明白我潦草的字迹。我只好起床，陪同他走到某个路灯下。他在夜深人静里情感波动地阅读，我哈欠连连靠在电线杆上，充当一位尽职的陪读，随时向他提供辨认潦草字体的应召服务。

第三个版本从街头阅读说起。我说的是大字报，这是“文化大革命”馈赠给我们小镇的独特风景。在当时，撕掉墙上的大字报属于反革命行为，新的大字报只能贴在旧的大字报上面，墙壁越来越厚，让我们的小镇看上去像是穿上了臃肿的棉袄。

我没有读过“文革”早期的大字报，那时候我刚上小学，七岁左右，所认识的汉字只能让我吃力地读完大字报的标题。我当时的兴趣是在街头激烈的武斗上面，我战战兢兢地看着我们小镇上的成年人相互斗殴，他们手挥棍棒，嘴里喊叫着“誓死捍卫伟大领袖毛主席”的口号，互相打得头破血流。这让年幼的我百思不得其解：既然都是为了保卫毛主席，为何还要互相打得你死我活?

我当时十分胆小，每次都是站在远处观战，斗殴的人群冲杀过来时，我立刻撒腿就跑，距离保持在子弹射程之外。比我大两岁的哥哥胆量过人，他每次都是站在近处观赏武斗，而且双手叉腰，一副休闲的模样。

我们当时每天混迹街头，看着街上时常上演的武斗情景，就像在电影院里看黑白电影一样。我们这些孩子之间有过一个口头禅，把上街玩耍说成“看电影”。几年以后，电影院里出现了彩色的宽银幕电影，我们上街的口头禅也随之修改。如果有一个孩子问：“去哪里?”正要上街的孩子就会回答：“去看宽银幕电影。”

我迷恋上大字报阅读时已是一名初中学生。大约是1975年左右，“文革”进入了后期，沉闷窒息的社会替代了血腥武斗的社会。虽然小镇的街道一成不变，可是街道上的内容变了。我们也从看“黑白电影”变成了看“宽银幕电影”。对于我们这些街头孩子来说，“宽银幕电影”远远没有早期的“黑白电影”好看。“文革”早期，我们小镇的街道喧嚣热闹，好比是好莱坞的动作电影；到了“文革”后期，街道安静沉寂，好比是欧洲现代主义的艺术电影。我们从街头儿童变成了街头少年，我们的生活也从动作电影进入到了艺术电影。艺术电影里长时间静止的画面和缓慢推进的长镜头，仿佛就是我们在“文革”后期的生活节奏。

我现在闭上眼睛，就可以看到这样的镜头：三十多年前的自己，一个放学回家的初中生，身穿有补丁的衣服，脚蹬一双磨损后泛白的黄球鞋，斜挎破旧的书包，沿着贴满大字报的街道无所事事地走来。

我就是在这个陈旧褪色的镜头里获得了阅读大字报的乐趣。就像观赏艺术电影需要审美的耐心一样，“文革”后期的生活需要仔细品尝，才会发现某个平淡的事物后面，其实隐藏着神奇。

1975年的时候，人们对大字报已经麻木不仁，尽管还有新的大字报不断贴到墙上去，可是很少有人驻足阅读。这时的大字报正在失去其自身的意义，正在成为墙壁的内容。人们习惯于视而不见地从它们身旁走过，我也是这视而不见的人群中的一员。直到有一天，我注意到一张大字报上有一幅漫画，然后继《毛泽东选集》里的注释之后，我又一个阅读的新大陆被发现了。

我记得是一种拙笨的笔法，画了一张床，床上坐着一男一女两个人，而且涂上了花花绿绿的颜色。这幅奇特的漫画让我怦然心动。当时我见惯了宣传画上男男女女的革命群众如何昂首挺胸，可是画面上的男女之间出现一张床，是我前所未见的。这张画得歪歪扭扭的床，竟然出现在充满着革命意义的大字报上面，还有同样画得歪歪扭扭的一男一女，床的色情含义昭然若揭，我想入非非地读起了这张大字报。

这是我第一次认真阅读的大字报。在密集出现的毛主席语录和口号似的革命语言之间，我读到了一些引人入胜的片言只语，这些片言只语讲述了我们小镇上一对偷情男女的故事梗概。虽然没有读到直接的性描写语句，可是性联想在我脑海里如同一叶扁舟开始乘风破浪了。

这对偷情男女的真实姓名就书写在花花绿绿的漫画上面，我添油加醋地将这个梗概告诉几个关系亲密的同学，这几个同学听得眼睛发直。然后，我们兴致勃勃地分头去打听这对偷情男女的住处和工作单位。

几天以后，我们成功地将人和姓名对号入座。男的就住在我们小镇西边的一个小巷里，我们几个同学在他的家门口守候多时，才见到他下班回家。这个被人捉奸在床的男人一脸阴沉地看了我们一眼，转身走进了自己的家中。女的是在六七公里之外的一个小镇百货商店工作。仍然是我们这几个同学，约好了某个星期天，长途跋涉不辞辛苦地来到了那个小镇，找到那家只有五十平方米左右的百货商店，看到里面有三个女售货员，我们不知道是哪个。我们站在商店的大门口，悄悄议论哪个容貌出众，最后一致的意见是都不漂亮。然后我们大叫一声大字报上的那个名字，其中一个答应一声，转身诧异地看着我们，我们哈哈大笑拔腿就跑。

这是我们当时沉闷枯燥生活的真实写照，因为认识了大字报上偷情故事的人物原型，我们会兴高采烈很多天。

“文革”后期的大字报尽管仍旧充斥着毛主席语录、鲁迅先生的话和从报纸上抄录下来的革命语言，可是大字报的内容悄然变化了。造反时不同派别形成的矛盾或者生活里发生的冲突等等，让谣言、谩骂和揭露隐私成为“文革”后期大字报的新宠。于是里面有时会出现一些和性有关的语句。不正当的男女关系，成为那时候人们互相攻击和互相诋毁谩骂的热门把柄。我因此迷恋上了大字报的阅读，每天下午放学回家的路上，都要仔细察看是否出现了新的大字报，是否出现了新的性联想语句。

这是沙里淘金似的阅读，经常会连续几天读不到和性有关的语句。我的这几个同学起初兴趣十足地和我一起去阅读大字报，没几天他们就放弃了，他们觉得这是赔本的买卖，瞪大眼睛阅读了两天，也就是读到一些似是而非的句子。他们说还不如我添油加醋以后的讲解精彩。他们因此鼓励我坚持不懈地读下去，因为每天早晨上学时，他们就会充满期待地凑上来，悄悄问我：

“有没有新的?”

一个未婚女青年和一个已婚男人的偷情梗概，是我大字报阅读经历里最为惊心动魄的时刻。也是我读到的最为详细的内容，部分段落竟然引用了这对偷情男女后来写下的交代材料。

他们偷情的前奏曲是男的在水井旁洗衣服。他的妻子在外地工作，每年只有一个月的探亲假才能回来，所以邻居的一位未婚女青年经常帮助他洗衣服。起初她将他的内裤取出来放在一旁，让他自己清洗。过了一些日子以后，她不再取出他的内裤，自己动手清洗起来。然后进入了偷情的小步舞曲，除了洗衣服，她开始向他借书，并且开始和他讨论起了读书的感受，她经常进入到他的卧室。于是偷情的狂欢曲终于来到了，两个人发生了性关系。一次、两次、三次，第三次时被人捉奸在床。

到了“文革”后期，捉奸的热情空前高涨，差不多替代了“文革”早期的革命热情。一些吃不到葡萄说葡萄酸的人，将自己偷情的欲望转化成捉奸的激情，只要怀疑谁和谁可能存在不正当男女关系，就会偷偷监视他们，时机一旦成熟，立刻撞开房门冲进去，活捉赤身裸体的男女。这对可怜的男女，就是这样演绎了偷情版的柴可夫斯基的“悲怆交响曲”。

我在大字报上读到这个未婚女青年交代材料里的一句话，她第一次和男人性交之后，觉得自己“坐不起来了”。这句话让我浑身发热，随后浮想联翩。当天晚上，我就把那几个同学召集到一起，在河边的月光下，在成片飘扬的柳枝掩护下，我悄声对他们说：

“你们知道吗？女的和男的干过那事以后会怎么样？”

这几个同学声音颤抖地问：“会怎么样？”

我神秘地说：“女的会坐不起来。”

我的这几个同学失声叫道：“为什么？”

为什么？其实我也不知道。不过，我还是老练地回答：“你们以后结婚了就会知道为什么。”

我在多年之后回首这段往事时，将自己的大字报阅读比喻成性阅读。有意思的是，我的性阅读的高潮并不是发生在大街上，而是发生在自己家里。

因为我的父母都是医生，所以我们的家在医院的宿舍楼里。这是一幢两层的楼房，楼上楼下都有六个房间，像学校的两层教室那样，通过公用楼梯才能到楼上去。这幢楼房里住了在医院工作的十一户人家，我们家占据了两个房间，我和哥哥住在楼下，我们的父母住在楼上。楼上父母的房间里有一个小书架，上面堆放了十来册医学方面的书籍。

我和哥哥轮流打扫楼上这个房间，父母要求我们打扫房间时，一定要将书架上的灰尘擦干净。我经常懒洋洋地用抹布擦着书架，却没有想到这些貌似无聊的医学书籍里隐藏着惊人的神奇。我在小学毕业的那个暑假里曾经浏览过它们，也没有发现里面的神奇。

我的哥哥发现了。那时候我是一个初二学生，我哥哥是高二学生。有一段日子里，趁着父母上班的时候，我哥哥经常带着他的几个男同学，鬼鬼祟祟地跑到楼上的房间里，然后发出一些稀奇古怪的叫声。

我在楼下经常听到楼上的古怪叫声，开始怀疑楼上有什么秘密勾当。可是当我跑到楼上以后，我哥哥和他的同学们一副若无其事的模样，嬉笑地聊天。我仔细察看，也看不出什么破绽来。当我回到楼下的房间后，稀奇古怪的叫声立刻又在楼上响起。这样的怪叫声在我父母的房间里持续了差不多两个月，我哥哥的同学们络绎不绝地来到了楼上父母的房间，我觉得他整个年级的男生都去过我家楼上的房间了。

我坚信楼上房间里存在着不可告人的秘密。有一天轮到我打扫卫生时，我像一个侦探似的认真察看每一个角落，没有发现什么。然后我的注意力来到了书架上，我怀疑这些医学书籍里可能夹着什么。我一本一本地取下来，一页一页认真检查着翻过去。当我手里捧着《人体解剖学》翻过去时，神奇出现了：一张彩色的女性阴部的图片倏然在目。好似一个晴天霹雳，让我惊得目瞪口呆。然后，我如饥似渴地察看这张图片的每个细节，以及关于女性阴部的全部说明。

我不知道自己当初第一眼看到女性阴部的彩色图片时是否失声惊叫了，那一刻我完全惊呆了，根本不知道自己是什么反应。我所知道的是，此后我的初中同学们开始络绎不绝地来到我家楼上，发出他们的一声声惊叫。在我哥哥高中年级的男生们纷纷光顾我家楼上之后，我初中年级的男生们也都在那个房间里留下了他们发自肺腑的叫声。

第四个版本的阅读应该从1977年开始。“文化大革命”结束以后，被视为毒草的禁书重新出版。托尔斯泰、巴尔扎克和狄更斯们的文学作品最初来到我们小镇书店时，其轰动效应仿佛是现在的歌星出现在穷乡僻壤一样。人们奔走相告，翘首以待。由于最初来到我们小镇的图书数量有限，书店贴出告示，要求大家排队领取书票，每个人只能领取一张书票，每张书票只能购买两册图书。

当初壮观的购书情景，令我记忆犹新。天亮前，书店门外已经排出两百多人的长队。有些人为了获得书票，在前一天傍晚就搬着凳子坐到了书店的大门外，秩序井然地坐成一排，在相互交谈里度过漫漫长夜。那些凌晨时分来到书店门前排队的人，很快发现自己来晚了。尽管如此，这些人还是满怀侥幸的心态，站在长长的队列之中，认为自己仍然有机会获得书票。

我就是这些晚来者中间的一员。我口袋里揣着五元人民币，这对当时的我来说是一笔巨款，我在晨曦里跑向书店时，右手一直在口袋里捏着这五元钱，由于只是甩动左手，所以身体向左倾斜地跑到书店门前。我原以为可以名列前茅，可是跑到书店前一看，心凉了半截，觉得自己差不多排在三百人之后了。在我之后，还有人在陆续跑来，我听到他们嘴里的抱怨声不断：

“起了个大早，赶了个晚集。”

旭日东升之时，这三百多人的队伍分成了没有睡眠和有睡眠两个阵营，前面阵营的人都是在凳子上坐了一个晚上，这些一夜未睡的人觉得自己稳获书票，他们互相议论着应该买两本什么书。后面阵营的都是一觉睡醒后跑来的，他们关心的是发放多少张书票。然后传言四起，先是前面坐在凳子上的人声称不会超过一百张书票，立刻遭到后面站立者的反驳，站立者中间有人说会发放两百张书票，站在两百位以外的人不同意了，他们说应该会多于两百张。就这样，书票的数目一路上涨，最后有人喊叫着说会发放五百张书票，我们全体不同意了，认为不可能有这么多。总共三百多个人在排队，如果发放五百张书票，那么我们全体排队者的辛苦就会显得幼稚可笑。

早晨七点整，我们小镇新华书店的大门慢慢打开。当时有一种神圣的情感在我心里涌动，这扇破旧的大门打开时发出嘎吱嘎吱难听的响声，可是我却恍惚觉得是舞台上华丽的幕布在徐徐拉开。书店的一位工作人员走到门外，在我眼中就像是一个神气的报幕员。随即，我心头神圣的感觉烟消云散，这位工作人员叫嚷道：

“只有五十张书票，排在后面的回去吧！”

如同在冬天里往我们头上泼了一盆凉水，让我们这些后面的站立者从头凉到了脚。一些人悻悻而去，另一些人牢骚满腹，还有一些人骂骂咧咧。我站在原处，右手仍然在口袋里捏着那张五元纸币，情绪失落地看着排在最前面的人喜笑颜开地一个个走进去领取书票，对他们来说，书票越少，他们的彻夜未眠就越有价值。

很多没有书票的人仍然站在书店门外，里面买了书的人走出来时，喜形于色地展览他们手中的成果。我们这些书店外面的站立者，就会选择各自熟悉的人围上去，十分羡慕地伸手去摸一摸《安娜·卡列尼娜》《高老头》《大卫·科波菲尔》这些崭新的图书。我们在阅读的饥饿里生活得太久了，即便是看一眼这些文学名著的崭新封面，也是莫大的享受。有几个慷慨的人，打开自己手中的书，让没有书的人凑上去用鼻子闻一闻油墨的气味。我也得到了这样的机会，这是我第一次去闻新书的气味，我觉得淡淡的油墨气味有着令人神往的清香。

我记忆深刻的是排在五十位之后的那几个人，可以用痛心疾首来形容这几个人的表情，他们脏话连篇，有时候像是在骂自己，有时候像是在骂不知名的别人。我们这些排在两百位之后的人，只是心里失落一下而已；这几个排在五十位之后的人是眼睁睁看着煮熟的鸭子飞走了，心里的难受可想而知。尤其是那个第五十一位，他是在抬腿往书店里走进去的时候，被挡在了门外，被告知书票已经发放完了。他的身体一动不动地在那里站了一会儿，然后低头走到一旁，手里捧着一只凳子，表情木然地看着里面买到书的人喜气洋洋地走出来，又看着我们这些外面的人围上去，如何用手抚摸新书和如何用鼻子闻着新书。他的沉默有些奇怪，我几次扭头去看他，觉得他似乎是在用费解的眼神看着我们。

后来，我们小镇上的一些人短暂地谈论过这个第五十一位。他是和三个朋友玩牌玩到深夜，才搬着凳子来到书店门前，然后坐到天亮。听说在后来的几天里，他遇到熟人就会说：

“我要是少打一圈牌就好了，就不会是五十一了。”

于是，五十一也短暂地成为过一个流行语，如果有人说：“我今天五十一了。”他的意思是说：“我今天倒霉了。”

三十年的光阴过去之后，我们从一个没有书籍的年代来到了一个书籍泛滥过剩的年代。今天的中国每年都要出版二十万种以上的图书。过去，书店里是无书可卖；现在，书店里书籍太多之后，我们不知道应该买什么书。随着网络书店销售折扣图书之后，传统的实体书店也纷纷打折促销。超市里在出售图书，街边的报刊亭也在出售图书，还有路边的流动摊贩们叫卖价格更为低廉的盗版图书。过去只有中文的盗版图书，现在数量可观的英文盗版图书也开始现身于我们的大街小巷。

北京每年举办的地坛公园书市，像庙会一样热闹。在一个图书的市场里，混杂着古籍鉴赏、民俗展示、摄影展览、免费电影、文艺演出，还有时装表演、舞蹈表演和魔术表演；银行、保险、证券和基金公司趁机推出他们的理财产品；高音喇叭发出的音乐震耳欲聋，而且音乐随时会中断，开始广播找人。在人来人往拥挤不堪的空间里，一些作家学者置身其中签名售书，还有一些江湖郎中给人把脉治病，像是签名售书那样开出一张张药方。

几年前，我曾经在那里干过签名售书的差事，嘈杂响亮的声音不绝于耳，像是置身在机器轰鸣的工厂车间里。在一排排临时搭建的简易棚里，堆满了种类繁多的书籍，售书者手举扩音器大声叫卖他们的图书，如同菜市场的小商小贩在叫卖蔬菜水果和鸡鸭鱼肉一样。这是我印象最为深刻的场景。价值几百元的书籍被捆绑在一起，以十元或者二十元的超低价格销售。推销者叫叫嚷嚷，这边“二十元一捆图书”的叫卖声刚落，那边更具价格优势的“十元一捆”喊声已起：

“跳楼价！十元一捆的经典名著！”

叫卖者还会发出声声感叹：“哪是在卖书啊？这他妈的简直是在卖废纸。”

然后叫卖声出现了变奏：“快来买呀！买废纸的钱可以买一捆经典名著！”

抚今追昔，令我感慨万端。从三百多人在小镇书店门前排队领取书票，到地坛公园书市里叫卖十元一捆的经典名著，三十年仿佛只是一夜之隔。此时此刻，当我回首往事去追寻自己真正意义上的文学阅读之旅，我的选择会从1977年那个书店门前的早晨开始，当然不会在今天的地坛公园书市的叫卖声里结束。

虽然三十多年前的那个早晨我两手空空，可是几个月以后，崭新的文学书籍一本本来到了我的书架上，我的阅读不再是“文革”时期吃了上顿没下顿，我的阅读开始丰衣足食，而且像江水长流不息那样持续不断了。

曾经有人问我：“三十年的阅读给了你什么？”

面对这样的问题，如同面对宽广的大海，我感到自己无言以对。

我曾经在一篇文章的结尾这样描述自己的阅读经历：“我对那些伟大作品的每一次阅读，都会被它们带走。我就像是一个胆怯的孩子，小心翼翼地抓住它们的衣角，模仿着它们的步伐，在时间的长河里缓缓走去，那是温暖和百感交集的旅程。它们将我带走，然后又让我独自一人回去。当我回来之后，才知道它们已经永远和我在一起了。”

我想起了2006年9月里的一个早晨，我和妻子走在德国杜塞尔多夫的老城区时，突然发现了海涅故居，此前我并不知道海涅故居在那里。在临街的联排楼房里，海涅的故居是黑色的，而它左右的房屋都是红色的，海涅的故居比起它身旁已经古老的房屋显得更加古老。仿佛是一张陈旧的照片，中间站立的是过去时代里的祖父，两旁站立着过去时代里的父辈们。

我之所以提起这个四年前的往事，是因为这个杜塞尔多夫的早晨让我回到了自己的童年，回到了我在医院里度过的难忘时光。

我前面已经说过，我过去居住在医院的宿舍楼里。这是当时中国的一个比较普遍的现象，城镇的职工大多是居住在单位里。我是在医院的环境里长大的，我童年时游手好闲，独自一人在医院的病区里到处游荡。我时常走进医护室，拿几个酒精棉球擦着自己的双手，在病区走廊上溜达，看看几个已经熟悉的老病人，再去打听一下新来病人的情况。那时候我不是经常洗澡，可是我的双手每天都会用酒精棉球擦上十多次，我曾经拥有过一双世界上最为清洁的手。与此同时，我每天呼吸着医院里的来苏水儿气味。我小学时的很多同学都讨厌这种气味，我却十分喜欢，我当时有一个理论，既然来苏水儿是用来消毒的，那么它的气味就会给我的两叶肺消毒。现在回想起来，我仍然觉得这种气味不错，因为这是我成长的气味。

我父亲是一名外科医生。当时医院的手术室只是一间平房，我和哥哥经常在手术室外面玩耍，那里有一块很大的空地，阳光灿烂的时候总是晾满了床单，我们喜欢在床单之间奔跑，让散发着肥皂气息的潮湿床单拍打在我们脸上。

这是我童年的美好记忆，不过这个记忆里还有着斑斑血迹。我经常看到父亲给病人做完手术后，口罩上和手术服上满是血迹地走出来。离手术室不远有一个池塘，手术室的护士经常提着一桶从病人身上割下来的血肉模糊的东西，走过去倒进池塘里。到了夏天，池塘里散发出了阵阵恶臭，密密麻麻的苍蝇像是一张纯羊毛地毯全面覆盖了池塘。

那时候医院的宿舍楼里没有卫生设施，只有一个公用厕所在宿舍楼的对面，医院的太平间也在对面。厕所和太平间一墙之隔地紧挨在一起，而且都没有门。我每次上厕所时都要经过太平间，都会习惯性地朝里面看上一眼。太平间里一尘不染，一张水泥床在一扇小小的窗户下面，窗外是几片微微摇晃的树叶。太平间在我的记忆里，有着难以言传的安宁之感。我还记得，那地方的树木明显比别处的树木茂盛茁壮。我不知道是太平间的原因，还是厕所的原因。

我在太平间对面住了差不多十年时间，可以说我是在哭声中成长起来的。那些因病去世的人，在他们的身体被火化之前，都会在我家对面的太平间里躺上一晚，就像漫漫旅途中的客栈，太平间沉默地接待了那些由生向死的匆匆过客。

我在很多个夜晚里突然醒来，聆听那些失去亲人以后的悲痛哭声。十年的岁月，让我听遍了这个世界上所有的哭声，到后来我觉得已经不是哭声了，尤其是黎明来临之时，哭泣者的声音显得漫长持久，而且感动人心。我觉得哭声里充满了难以言传的亲切，那种疼痛无比的亲切。有一段时间，我曾经认为这是世界上最为动人的歌谣。就是那时候我发现，大多数人都是在黑夜里去世的。

那时候夏天的炎热难以忍受，我经常在午睡醒来时，看到草席上汗水浸出来的自己的完整体形，有时汗水都能将自己的皮肤泡白。

有一天，我鬼使神差地走进了对面的太平间，仿佛是从炎炎烈日之下一步跨进了冷清月光之下，虽然我已经无数次从太平间门口经过，走进去还是第一次，我感到太平间里十分凉爽。然后，我在那张干净的水泥床上躺了下来，我找到了午睡的理想之处。在后来一个又一个的炎热中午，我躺在太平间的水泥床上，感受舒适的清凉，有时候进入的梦乡会有鲜花盛开的情景。

我是在中国的“文革”里长大的，当时的教育让我成为一个彻底的无神论者，我不相信鬼的存在，也不怕鬼。所以当我在太平间干净的水泥床上躺了下来时，它对于我不是意味着死亡，而是意味着炎热夏天里的凉爽生活。

曾经有过几次尴尬的时候，我躺在太平间的水泥床上刚刚入睡，突然有哭泣哀号声传来，将我吵醒，我立刻意识到有死者光临了。在越来越近的哭声里，我这个水泥床的临时客人仓皇出逃，让位给水泥床的临时主人。

这是我的童年往事。成长的过程有时候也是遗忘的过程，我在后来的生活中完全忘记了这个令人战栗的美好的童年经历：在夏天炎热的中午，躺在太平间象征着死亡的水泥床上，感受着凉爽的人间气息。

直到多年后的某一天，我偶尔读到了海涅的诗句：“死亡是凉爽的夜晚。”

这个消失已久的童年记忆，在我颤动的心里瞬间回来了。像是刚刚被洗涤过一样，清晰无比地回来了，而且再也不会离我而去。

假如文学中真的存在某些神秘的力量，我想可能就是这个。就是让一个读者在属于不同时代、不同国家、不同民族、不同语言和不同文化的作家的作品那里，读到属于自己的感受。海涅写下的，就是我童年时在太平间睡午觉时的感受。

我告诉自己：“这就是文学。”

原载《收获》2016年第2期